ハヤカワepi文庫
〈epi 2〉

悪童日記

アゴタ・クリストフ
堀　茂樹訳

epi

早 川 書 房
4765

LE GRAND CAHIER

by

Agota Kristof

Translated by
Shigeki Hori

Published 2001 in Japan by
HAYAKAWA PUBLISHING, INC.
This book is published in Japan by
direct arrangement with
LES ÉDITIONS DU SEUIL, S.A.

悪童日記

おばあちゃんの家に到着する

　ぼくらは、〈大きな町〉(註1)からやって来た。一晩じゅう、旅して来た。おかあさんは、眼を赤く腫《は》れ上がらせている。おかあさんは大きなボール紙の箱を抱《かか》えている。ぼくら二人は、衣類を詰めた小さな旅行カバンを一個ずつ提《さ》げ、さらに、おとうさんの大きな辞典をかわるがわる抱えている。腕がだるくなると交替するのだ。

　長い間、ぼくらは歩く。おばあちゃんの家は、駅から遠い。〈小さな町〉(註2)の、駅と反対側の端にあるのだ。この町には、路面電車も、バスも、自動車もない。道を行き交っているのは、いく台かの軍用トラックだけだ。

　人影がまばらで、町は静まりかえっている。ぼくらの足音が聞こえるほどだ。黙々と歩く。おかあさんを真ん中にして、ぼくら二人がその両脇を歩く。

　おばあちゃんの家の庭木戸の前で、おかあさんが言う。

「ここで待っていなさいね」

ぼくらは少しの間、待つ。それから庭に入る。家のまわりをぐるっと回る。話し声の漏れてくる窓の下にしゃがむ。おかあさんの声が聞こえる。

「うちにはもう食べ物がないの。パンも、肉も、野菜も、ミルクもすっかり尽きてしまって、何ひとつないの。もう子供たちに食べさせてやれないんです」

別の声が聞こえる。

「なるほどそれで、わしのことを思い出したってわけかい。十年もの間、忘れていたくせに。訪ねても来なけりゃ、便り一つよこさなかったくせに」

おかあさんが言う。

「私が連絡しなかったわけは、よくご存じのはずだわ。おとうさんのこと、私は慕っていたのよ」

もう一人が言う。

「ふむ……で今になってやっと、おまえには母親もいたことを思い出したのかい。突然やって来て、助けてくれ、とは呆れたもんだわ」

おかあさんが言う。

「私、自分のことは何もお願いしません。ただ、子供たちにはこの戦争を越えて生き延びてほしいって、それだけを思うの。〈大きな町〉は昼も夜も爆撃を受けて、それでもう食糧がなくなってしまったわ。町の子供たちは、どんどん疎開させられているの。親戚のもとでも、見ず知らずの人のもとでも、もうどこでもいいからという調子なの」

「おまえも、子供はどこへでも、それこそ見ず知らずの連中のところへでもやればいいじゃないか」

「だって、おかあさんの孫なのよ」

「わしの孫だって？　会ったこともないよ、わしは……。で、何人いるんじゃ？」

「二人。男の子二人よ。双子なの」

もう一人が問う。

「おまえ、ほかの子はどうしたんだい？」

おかあさんが問い返す。

「ほかの子って、どういうこと？」

「牝犬は一度に四、五匹、産み落とすのがふつうだよ。一、二匹は生かしてやって、残りは水に溺れさせるもんじゃ」

そう言って、甲高く笑う声が聞こえる。おかあさんは何も言わない。また、おかあさんに問いかける声がする。

「その子らに、少なくとも父親はいるんだろうね？　おまえ、わしの知るかぎりでは、結婚していないはずじゃな。おまえの結婚式に招かれた覚えはないからね」

「私、結婚したんです。子供たちの父親は前線に行っているの。便りが途絶えてもう六カ月になるけれど」

「ふむ、そんならもう諦めたほうがいいよ」

そう言い放った声は、ふたたび笑い声となる。おかあさんのほうは泣いている。ぼくらは、庭木戸の前に戻る。

おかあさんが、ひとりのおばあさんといっしょに家から出てくる。

おかあさんが、ぼくらに言う。

「ほら、あなたたちのおばあちゃんよ。戦争が終わるまで、しばらくの間、二人ともおばあちゃんのお家《うち》で暮らすのよ」

おばあちゃんが言う。

「戦争は長引くかもしれないよ。それでも心配はいらん、わしはこの子たちに働いてもらうからね。ここでだって、食糧は無料というわけじゃないのさ」

「お金は私のほうから送ります。ほら、この二つのカバンの中に、この子たちの衣類が入っています。それから、この箱の中は敷布と毛布なんです。私の可愛いおちびさんたち、よい子でいなさいね。手紙を書きますからね」

おかあさんは、ぼくらを抱き寄せて接吻する。そして、泣き顔で去っていく。

おばあちゃんは高らかに笑い、ぼくらに言う。

「敷布に毛布じゃと！　真っ白いシャツに磨き上げた靴じゃと！　わしゃ、これからおまえたちに、生きるっていうのはどういうことか教えてやるわい！」

ぼくらはおばあちゃんに、べろを出して見せる。すると彼女は、自分の腿を叩いて、いっそう高らかに笑う。

おばあちゃんの家

おばあちゃんの家は、〈小さな町〉のいちばん端の家並みから五分ばかり歩いた所にある。おばあちゃんの家より先には埃《ほこり》っぽい道しかなく、その道も、まもなく柵に遮られている。その柵を越えることは禁じられていて、兵士が監視の目を光らせている。兵士は機関銃と双眼鏡を持っている。そして雨が降ると、見張り小屋に避難する。ところで、ぼくらは知っている。あの柵の向こうには、目立たないように木々で隠されているけれど、秘密の軍事基地があるのだ。そしてその基地のあちら側には国境(註3)と、もうひとつの国があるのだ。

おばあちゃんの家を取り囲む畑の奥には川があり、向こう岸は森だ。

畑にはあらゆる種類の野菜と果樹が植えられている。その隅のほうに、兎小屋、鶏小屋、豚小屋、山羊小屋がある。ぼくらは、いちばん肥った豚の背に乗ろうとしたけれど、どう頑張っても、たちまち滑り落ちてしまった。

野菜、果物、兎、アヒル、若鶏は、おばあちゃんが市場で売る。鶏やアヒルの卵、山羊のチーズもだ。豚は肉屋に卸され、肉屋はそれの支払いを、お金ばかりでなく、ハムやソーセージでもする。

泥棒を追い払う犬と、二十日鼠と野鼠を捕る猫もいる。猫には、餌をやってはならない。いつも腹ぺこでいさせるためだ。

おばあちゃんは、道の向こう側に、葡萄畑も持っている。

家に入ると、そこはまず台所で、広くて暖かい。薪《まき》をくべて燃やす竈《かまど》に、一日じゅう、火が絶えない。窓のそばに、巨大なテーブルとL字形の長椅子がある。その長椅子の上で、ぼくらは夜になると眠るのだ。

台所のドアの一つは、おばあちゃんの寝室に通じているのだけれど、いつも鍵が掛けられている。おばあちゃんだけが、夜、その寝室に入って眠る。

もうひとつ部屋があって、台所を通らずに庭から直接入ることができる。そこには、外国の軍隊の将校(註4)が住んでいる。将校がいないときは、その部屋の戸口のドアにも鍵が掛けられている。

家の地下には食糧のぎっしり詰まった貯蔵庫があり、屋根のすぐ下には屋根裏部屋がある。屋根裏部屋には、おばあちゃんは、ぼくらがあらかじめ鋸《のこぎり》で切り目をつけておいた梯子《はしご》から落ちて怪我をして以来、登らない。屋根裏部屋の入口は将校の部屋の戸口の真上にあり、ぼくらはロープを使ってよじ登る。ぼくらが作文ノートや、おとうさんの辞典や、そのほか、どうしても秘密にしておかなければならないものを隠しているのは、その屋根裏部屋の中なのだ。

この家に暮らしはじめて数日後、ぼくらは、家の中のどのドアも開けられる鍵を作り、屋根裏部屋の床に穴をいくつか空けた。その鍵を持っているから、ほかに誰もいないときには、ぼくらは自由に家の中を動き回れる。屋根裏部屋の床に穴があるから、おばあちゃんと将校がそれぞれの部屋にいるところをこっそり観察することができる。

おばあちゃん

おばあちゃんは、ぼくらのおかあさんの母親だ。おばあちゃんの家で暮らすようになるまで、おかあさんに、さらにおかあさんがいるとは、知らなかった。

ぼくらはおばあちゃんを、おばあちゃんと呼ぶ。

人びとはおばあちゃんを、〈魔女〉と呼ぶ。

おばあちゃんはぼくらを、『牝犬の子』と呼ぶ。

おばあちゃんは、背が低くて痩せている。頭に、黒い三角の布を被っている。着ている服は黒ずんだ灰色だ。兵隊用の古い靴を履《は》いている。天気が好いときは、裸足《はだし》で歩く。おばあちゃんの顔は皺と、黒褐色のシミと、毛の生えたイボだらけだ。歯はもうない。少なくとも、外に見える歯はもうない。

おばあちゃんは、顔も体もけっして洗わない。食べたあと、飲んだあとは、三角の布の端で口をぬぐう。彼女は下穿《したば》きを穿いていない。オシッコがしたくなると、その場で立ち止まり、脚を広げ、スカートの下から地面に垂れ流す。もちろん、家の中ではそんなことはしない。

おばあちゃんは、けっして裸にならない。夜更けに、ぼくらはおばあちゃんの寝室を覗いた。おばあちゃんは、スカートを一枚脱いだけれど、その下にもう一枚スカートを穿いていた。ブラウスを一枚脱いだけれど、その下にもう一枚ブラウスを着ていた。おばあちゃんは、そういう恰好で寝るのだ。三角の布も被ったままだ。

おばあちゃんは、めったに口を利かない。もっとも、夜は別だ。夜になると、おばあちゃんは棚の酒びんを取り、ラッパ飲みする。するとまもなく、ぼくらの知らない言語《ことば》で独《ひと》り言を言いはじめる。その言語は、外国人の兵隊が話す言語でもない。まったく違う、別の言語だ。

ぼくらには意味の通じないその言語で、おばあちゃんは自問自答する。ときどき笑う。そうかと思うと、怒り、叫ぶ。最後には、ほとんど決まって泣き出す。よろよろと寝室に入る。ベッドに倒れ込む。そしてぼくらは、深夜、彼女が長い間すすり泣くのを聞く。

労働

ぼくらはどうしても、おばあちゃんの手助けとなるいくつかの仕事をしなければならない。そうしないと、おばあちゃんは食べ物をまったくくれないし、一晩じゅう、家の中に入れてくれないのだ。

初めのうち、ぼくらはおばあちゃんに従うことを拒否した。庭で眠り、果物や生の野菜を食べたのだ。

早朝、まだ陽も昇らぬ時刻、家から出てくるおばあちゃんの姿が、庭にいるぼくらの目に入る。おばあちゃんは、ぼくらに声をかけない。家畜に餌をやりに行く。山羊の乳をしぼる。それから山羊の群れを川岸へ連れて行き、山羊たちを繋いでいる綱を木立にくくりつける。それから畑に水を撒《ま》き、野菜や果実を摘んで、手押し車に積み込む。卵をいっぱい入れたカゴも、兎一羽と、足を縛った若鶏かアヒル一羽を入れた小さな檻も、手押し車に積む。

その手押し車を押して、おばあちゃんは市場へ出かける。細い首に掛けている手押し車の革紐に引っ張られるので、おばあちゃんは俯《うつむ》きかげんになる。重みに抗しかねて、よろめく。道の凹凸と砂利に足をとられてバランスを失うが、それでもおばあちゃんは歩く。内股で、アヒルのように、町に向かって、市場まで、一息もつかず、ただの一度も手押し車を止めずに歩く。

市場から帰ると、おばあちゃんは売れ残った野菜でスープを、果物でジャムを作る。昼食をとる。葡萄畑へ昼寝をしに行く。一時間眠る。それから葡萄畑のめんどうを見るか、そこで何もすることがなければ家に戻る。薪《まき》を割る。ふたたび家畜に餌をやる。山羊の群れを連れ帰る。その乳をしぼる。森へ行き、茸と枯れ枝を採ってくる。チーズを作る。茸とインゲンを乾かす。そのほかの野菜をガラスびんに詰め、もう一度畑に水を撒き、いろいろなものを地下貯蔵庫に片づけ……そんなふうにして陽が沈むまで、おばあちゃんは働き続ける。

六日目の朝、ぼくらは、おばあちゃんが家から出てくる前に、畑の水撒きを済ませておいた。おばあちゃんの手から、豚の餌を入れた重いバケツを取り上げる。山羊の群れを川岸へ連れて行く。おばあちゃんに手を貸して、手押し車に荷を積む。やがておばあちゃんが市場から戻ってくる頃、ぼくらは薪を鋸《のこぎり》引きしている。

食卓で、おばあちゃんが言う。

「おまえたちにも分かったようじゃな。宿と飯にありつくには、それだけのことをしなくちゃならん」

ぼくらは言う。

「そういうわけじゃないよ。仕事は辛いけれど、誰かが働いているのを何もしないで見ているのは、もっと辛いんだ。ことに、その働いている人が年寄りだとね」

おばあちゃんは薄笑いを浮かべる。

「牝犬の子め！　おまえたち、わしに同情したって言いたいのかい？」

「違うよ、おばあちゃん。ぼくらはただ、ぼくら自身のことを恥ずかしいと思ったんだ」

午後、ぼくらは森へ柴刈りに行った。

この日からこっち、ぼくらは、ぼくらにできる仕事は何でも引き受けている。

森と川

森はとても大きく、川はとても小さい。森に入るには、川を渡らなければならない。水嵩《みずかさ》の少ないときには、石から石へ跳んで向こう岸へ渡ることができる。けれども、雨が大量に降ったときなど、水がぼくらの腰まで達することがある。しかもその水は、冷たい泥水だ。そこでぼくらは、爆撃で壊れた家々のまわりに転がっている煉瓦と板を利用して、橋を造ることにした。

ぼくらの造った橋はしっかりしている。おばあちゃんに見せる。おばあちゃんは、安全かどうか試してみて、言う。

「たいへん結構。だけど、森の中をあまり遠くまで行っちゃならんよ。国境が近いし、兵隊に撃たれるからね。それから、間違っても迷子にならないようにおし。捜しになんか行ってやらんよ」

橋造りの最中、魚を見つけた。魚は、大きな石の下か、灌木《かんぼく》の茂みや、ところどころ川面《かわも》に接するようにして枝を張りめぐらせている樹木の蔭に隠れている。ぼくらは、たくさんいる魚のうちでも特に大きさの目立つ数尾に目をつける。その数尾を摑《つか》まえる。水で満たしたじょうろの中に入れる。夕方、ぼくらがそれを家に持ち帰ると、おばあちゃんが訊く。

「牝犬の子！　どうやって摑まえた？」

「手で摑まえたのさ。簡単だよ。動かないで待っていれば、魚のほうから自然に近づいてくるんだもの」

「そんなら、うんと摑まえろ。多ければ多いほどいい」

翌日、おばあちゃんは、手押し車にじょうろを積み込み、ぼくらの魚を市場で売った。

ぼくらはしばしば森に入るけれど、道に迷ったりはしない。どの方角に国境があるのかも知っている。その国境警備の歩哨たちも、何回かぼくらを見かけるうちに、顔見知りになってくれた。ぼくらにはけっして発砲しない。一方おばあちゃんは、食用茸と毒茸の見分け方を教えてくれた。

森から、ぼくらは束ねた柴を背負い、茸と栗をカゴに入れて持ち帰る。家の庇《ひさし》の下の壁に寄せて、柴をきちんと積み上げる。そして、もしおばあちゃんが留守なら、竈《かまど》で栗を焼く。

ある日のこと、森のずっと奥のほうまで入ったぼくらは、爆弾が空けた大きな穴の縁《ふち》に、一人の兵士が死んでいるのを見つけた。兵士の五体はまだ揃っている。両眼だけが欠けている。カラスの仕業だ。ぼくらは、その兵士の銃と弾丸と手榴弾を取る。銃は柴束の中に紛れさせ、弾丸と手榴弾はカゴに入れて茸で覆う。

おばあちゃんの家に着くと、ぼくらは、こっそり持ち帰った銃と弾丸と手榴弾を藁で念入りに包み、ジャガイモ用の袋の中に入れる。そして、将校の部屋の窓の手前にあるベンチの下の地面に埋める。

不潔さ

〈大きな町〉のぼくらの家では、おかあさんが、ぼくらの体を頻繁に洗ってくれた。シャワーを浴びせてくれたり、お風呂に入れてくれたりした。おかあさんは清潔な服を着せてくれ、爪を切ってくれた。髪を切るにも、ぼくらを床屋さんに連れて行ってくれた。ぼくらは毎食後、歯を磨いたものだった。

おばあちゃんの家では、体を洗うことができない。風呂場がないのだ。水道さえないのだ。広場の井戸水を汲みに行き、バケツで水を運んで来なければならない。家には、石鹸も、歯磨き粉も、洗剤もありはしない。

台所は、どこもかしこも汚い。赤っぽい色の不揃いな床タイルはべとべとと足に粘《ねば》つき、大きなテーブルは手や肘に粘つく。竈《かまど》は油で真っ黒になっているし、そのまわりの壁も煤だらけで、同じように黒い。おばあちゃんは食器を洗いはするけれど、皿もスプーンもナイフも完全にきれいになることは一度もないし、鍋には食べ滓《かす》がこびりついて、分厚い層になっている。布巾《ふきん》は灰色じみて、悪臭を放っている。

初めのうち、ぼくらは食欲さえ湧かなかった。おばあちゃんが手も洗わず、袖で鼻をかみながら、どんなふうに食事を拵《こしら》えるかを見たときは、特にそうだった。が、のちには、ぼくらはそんなことは気にしなくなった。

暑いときには、川へ行って水浴びをし、顔と歯は井戸で洗う。寒いときは、体をすっかり洗うことができない。充分な大きさの盥《たらい》が、家には一つもないからだ。ぼくらの敷布、ぼくらの毛布、ぼくらの肌着は、消えてしまった。おかあさんがそれらを詰めてくれたあの大きなボール紙の箱を、ぼくらはあれ以来一度も見ない。おばあちゃんが全部売り払ってしまったのだ。

ぼくらはますます汚くなる。衣類も同じことだ。長椅子の下に置いた旅行カバンから清潔な服を取り出しては着たが、まもなく清潔な服はなくなってしまった。着ている服は引き裂けるし、靴はすり減り、穴が空く。できるかぎり、ぼくらは裸足《はだし》で歩き、パンツかズボンしか身に着けない。足の裏が堅くなり、棘《とげ》も石も感じなくなる。肌は日焼けして褐色となり、手足は擦り傷や切り傷や瘡蓋《かさぶた》や虫刺されの跡だらけになる。一度も切らないぼくらの爪は自然に割れ、直射日光のせいでほとんど白くなってしまった髪は、肩まで達している。

厠《かわや》は庭の奥にある。紙の用意されていたためしがない。ぼくらは、手頃な植物を選び、その植物のつけている葉のうちでもとりわけ大きな葉をちぎって、それでお尻を拭く。

ぼくらの体臭には、堆肥、魚、草、茸、油煙、ミルク、チーズ、泥、水底の泥、土、汗、尿、黴《かび》の臭いが、入り混じっている。

ぼくらの体は、おばあちゃんの体と同じように、臭い。

体を鍛える

おばあちゃんは、ごつごつと骨張った手で、また箒《ほうき》や濡れ雑巾《ぞうきん》で、何かにつけてぼくらをぶつ。ぼくらの耳を引っ張ったり、髪を鷲摑《わしづか》みにしたりする。おばあちゃん以外の人たちも、ぼくらに平手打ちや足蹴《あしげ》りを喰らわせる。いったいどうしてそんな仕打ちを受けるのか、ぼくらにはそれさえ分からない。

ぶたれると痛くて、泣いてしまう。

転ぶこと、擦り傷、切り傷、労働、寒さ、暑さ、どれもこれも苦痛のもとだ。ぼくらは体を鍛えることを決意する。泣かずに痛みに耐えることができるようになるためだ。

ぼくら二人は、まず手始めに平手打ちを、次には拳骨パンチを、互いに加え合う。腫《は》れ上がったぼくらの顔を見て、おばあちゃんが訊く。

「誰にやられたんだい？」

「ぼくら自身でやったのさ、おばあちゃん」

「二人で殴り合いをしたっていうのかい？　いったいどうしたんだい？」

「何でもないんだ、おばあちゃん。心配しないで。これはただの練習だから」

「練習だって？　おまえたち、すっかり気がふれているね！　ふん、そんなことが面白いんなら勝手にするがいいけれど……」

ぼくらは裸だ。かわるがわるベルトで打ち合う。打たれるたびに、言う。

「痛くないぞ」

もっと強く打つ。ますます強く打つ。

ぼくらは、炎の先端に手を通す。ぼくら自身の腿、腕、胸にナイフを突き立て、傷口にアルコールを注ぐ。そのたびに言う。

「平気だ」

こんな練習をしばらく続けて、ぼくらはほんとうに、何も感じなくなる。痛みを感じるのは、誰か別人だ。火傷《やけど》し、切り傷を負い、苦しむのは、誰か別人だ。

ぼくらはもう泣かない。

おばあちゃんが腹を立てて怒鳴り出すと、ぼくらは言う。

「怒鳴ってばかりいるより、おばあちゃん、ぶちなよ」

おばあちゃんがぼくらをぶち始めると、ぼくらは言う。

「もっと、もっと、おばあちゃん！　ほら見て、聖書に書かれているとおり、ぼくら、もう一方の頰も差し出すよ。こっちの頰もぶって、おばあちゃん」

おばあちゃんは言い返してくる。

「おまえたちなんか、その聖書だの頰だのといっしょに、悪魔に攫《さら》われてしまえ！」

従卒

　ぼくらは台所のL字形の長椅子の上に寝ている。ぼくら二人の頭は接している。まだ眠ってはいないが、眼は閉じている。誰かがドアを押し開く。ぼくらは眼を開ける。懐中電灯の光に眼が眩む。ぼくらが問う。

「誰？」

　男の声が返ってくる。

「怖ガラナイデ。キミタチ、怖ガラナイデ。ソコニイルノハ、二人？　ソレトモ、ワタシ、飲ミ過ギタカナ」

　男は笑う。男がテーブルの上の石油ランプを灯し、懐中電灯を消す。男の姿が、今はぼくらにはっきり見える。外国人の兵士だ。男が言う。

「ワタシ、大尉ノ従卒。キミタチ、何シテイルカ、ココデ？」

　ぼくらは言う。

「ここに住んでいるのさ。ぼくらのおばあちゃんの家だもの」

「キミタチ、〈魔女〉ノ孫？　ワタシ、キミタチニ会ウ、初メテダ。キミタチ、イツカラ、ココニイルカ？」

「二週間前からだよ」

「アアソウ！　ワタシ、休暇デ、故郷ニ、ワタシノ村ニ、帰ッテイタ。楽シカッタ」

ぼくらが問う。

「どうして、ぼくらの国の言語《ことば》を話せるの？」

彼が言う。

「ワタシノ母、キミタチノ、コノ国デ生マレタ。ワタシノ国へ、働キニ来タ。居酒屋デ女給シタ。ワタシノ父ト知リ合ッタ。結婚シタ。ワタシ小サイ頃、母、キミタチノ言語、話シタ。キミタチノ国、ワタシノ国、仲良シダ。同ジ敵、協力シテ戦ウ。(註5) キミタチ二人、何処《ドコ》カラ来タカ？」

「〈大きな町〉からだよ」

「〈大キナ町〉、危険ダ。爆弾ドカン、ドカン」

「そう、それにもう食糧がない」

「ココナラ、食ベラレル。林檎、豚、鶏、何デモアル。キミタチ、長クイル？　ソレトモ、休暇ノ間ダケ？」

「戦争が終わるまでいるよ」

「戦争、モウジキ終ワル。キミタチ、ココデ寝ルノ？　コノ長椅子、ムキ出シデ、硬イ、冷タイ。〈魔女〉、寝室ニ、キミタチヲ入レテクレナイカ？」

「おばあちゃんの部屋なんかで寝たくないよ。おばあちゃんは鼾《いびき》をかくし、それに臭いんだ。ぼくらには毛布も敷布もあったんだよ。だけど、おばあちゃんが売っちゃったんだ」

従卒は竈《かまど》の上の大鍋からお湯を取って、言う。

「ワタシ、部屋、拭キ掃除シナクテハナラナイ。大尉モ、今晩カ明朝、休暇カラ戻ル」

彼は出ていく。数分後、戻ってくる。灰色の軍用毛布を二枚、取ってきてくれたのだ。

「老イボレ〈魔女〉、コレナラ売ラナイ。モシ彼女、アマリ酷《ヒド》イ意地悪シタラ、キミタチ、ワタシニ言ウ。ワタシ、ヤッツケル、簡単ダヨ」

彼はまた笑う。ぼくらを毛布でくるみ、ランプの灯を消し、立ち去る。

日中、ぼくらはこの二枚の毛布を屋根裏部屋に隠している。

精神を鍛える

おばあちゃんは、ぼくらをこう呼ぶ。

「牝犬の子！」

人びとは、ぼくらをこう呼ぶ。

「〈魔女〉の子！　淫売の子！」

また別の人びとは、こんな言葉を叩きつけて来る。

「バカ者！　与太者！　鼻糞小僧！　阿呆！　豚っ子！　道楽者！　ヤクザ！　ごろつき！　糞ったれ！　極悪人！　殺人鬼の卵！」

これらの言葉を聞くと、顔が赤くなり、耳鳴りがし、眼がちくちくし、膝ががくがくと震える。

ぼくらはもう、赤くなったり、震えたりしたくない。罵詈《ばり》雑言《ぞうごん》に、思いやりのない言葉に、慣れてしまいたい。

ぼくらは台所で、テーブルを挟んで向かい合わせに席に着き、真っ向うから睨《にら》み合って、だんだんと惨《むご》さを増す言葉を浴びせ合う。

一人が罵《ののし》る。

「こん畜生！　けつの穴！」

もう一人が罵り返す。

「おかま野郎！　卑劣漢！」

こうして、言葉がもう頭に喰い込まなくなるまで、耳にさえ入らなくなるまで続ける。

こんなやり方で毎日およそ半時間ずつ練習をし、それから街をひと回りしに出かける。

ぼくらはわざと、人びとに罵られるようなことをする。そして、とうとうどんな言葉にも動じないでいられるようになったことを確認する。

しかし、以前に聞いて、記憶に残っている言葉もある。

おかあさんは、ぼくらに言ったものだ。

「私の愛《いと》しい子！　最愛の子！　私の秘蔵っ子！　私の大切な、可愛い赤ちゃん！」

これらの言葉を思い出すと、ぼくらの目に涙があふれる。

これらの言葉を、ぼくらは忘れなくてはならない。なぜなら、今では誰一人、同じたぐいの言葉をかけてはくれないし、それに、これらの言葉の思い出は切なすぎて、この先、とうてい胸に秘めてはいけないからだ。

そこでぼくらは、また別のやり方で、練習を再開する。

ぼくらは言う。

「私の愛しい子！　最愛の子！　大好きよ……けっして離れないわ……かけがえのない私の子……永遠に……私の人生のすべて……」

いく度も繰り返されて、言葉は少しずつ意味を失い、言葉のもたらす痛みも和《やわ》らぐ。

学校

三年前、こんなことがあった。

ある夜のことだ。両親は、ぼくらが眠っていると思っている。彼らは別室で、ぼくらのことを相談している。

おかあさんが言う。

「あの子たち、離ればなれは我慢できないと思うわ」

おとうさんが言う。

「離ればなれといったって、学校の授業時間だけのことだよ」

おかあさんが言う。

「あの二人には、とても辛抱できないことよ」

「そこを辛抱させなくちゃ。あの子たちにとって必要なことなんだから。誰もがそう言っているよ。学校の先生方も、心理分析の専門家たちも、そういう意見だ。初めは難しいだろうが、そのうちあの子たちも慣れるさ」

おかあさんが言う。

「いいえ、絶対だめよ。私には分かるの。あの子たちのことは、私、よく知っているもの。二人で、ただ一つの、分かつことのできない人格を形づくっているのよ」

おとうさんが声高に言う。

「まさにその点だよ、その点が異常なんだ。あの二人は考えるのもいっしょ、行動するのもいっしょだ。二人で、まわりから隔たった、特殊な世界に生きている。彼らだけの世界だ。ああいうのは健全じゃないよ。不気味なほどだよ。うん、実際あの子たちの様子は、おれには不気味だ。とにかく変わっている。いったい何を考えているのか、外からはまったく測り知れないんだからな。歳の割りに、あまりにも大人びているよ。ものを識《し》りすぎているよ」

おかあさんはくすくす笑う。

「あなた、いくらなんでも、あの子たちの頭のよさに文句をつけるわけじゃないでしょう？」

「笑いごとじゃないぞ。何がそんなに可笑《おか》しいんだ？」

おかあさんが答える。

「双子っていうのは、いろいろと問題の多いものなのよ。深刻なことじゃないわ。万事うまく解決するわよ」

　おとうさんが言う。

「そう、万事うまく解決するさ、今からちゃんと手を打って、二人を引き離しておけばね。個人は誰でも、他人のではない自分自身の人生を生きなくちゃいかんのだよ」

　数日後、ぼくらは学校に通いはじめた。別々のクラスだった。それぞれの教室で、ぼくらの席は最前列に定められていた。

　ぼくら二人の間に、校舎が一棟、割って入ったのだ。その距離が、ぼくらには非道きわまるものと思える。そこから受ける苦痛ときたら、堪《こら》えられるものでは到底ない。まるで体の半分を奪われたかのような感じだ。ぼくらはバランスを失う。眩暈《めまい》に襲われる。倒れる。失神する。

　気がつくと、ぼくらは、病院へ向かう救急車の中にいる。

　おかあさんが迎えに来てくれる。おかあさんはニッコリし、言う。

「あなたたち、明日からいっしょのクラスよ」

　家に帰ると、おとうさんがぼくらに、そっけなく言い放つ。

「仮病使いめ！」

それから間もなく、おとうさんは前線へ発っていった。おとうさんはジャーナリストで、従軍記者なのだ。

二年半の間、ぼくらは小学校に通った。先生たちも前線へ発ち、代わりに女の先生たちがやって来た。その後、学校は閉鎖された。連日、警報と爆撃が続いたからだ。

ぼくらは、読み、書き、計算ができる。

ぼくらは、おばあちゃんの家で学習を続けることを決心した。先生なしで、独習するのだ。

紙と鉛筆とノートを買う

おばあちゃんの家には紙もなければ鉛筆もない。そこでぼくらは、〈書籍文具店〉という名前の店に行く。罫線の入っている紙一束、鉛筆二本、厚みのある大きなノート一冊を選ぶ。それらをまとめて、勘定台の向こう側にでんと構えているおじさんの真ん前に置く。ぼくらが言う。

「ぼくたち、これだけ全部要るんですが、お金はないんです」

本屋が言う。

「何だって？　そんなこと言われても……代金は払ってもらうよ」

ぼくらは繰り返す。

「ぼくたち、お金はないんですが、でも、絶対にこれだけ全部要るんです」

本屋が言う。

「学校はずっと閉まっているじゃないか。誰も、ノートや鉛筆なんか要らないはずだ」

ぼくらは言う。

「ぼくたちは、家で学校をやるんです。二人だけで自習するんです」

「それなら、おとうさんかおかあさんから、お金をもらって来るんだね」

「おとうさんは前線に行っていますし、おかあさんは〈大きな町〉に残っているんです。ぼくたち、おばあちゃんの家に住んでいるんですが、おばあちゃんにもお金はありません」

本屋が言う。

「とにかくお金を持って来なくちゃ、何も買えやしないよ」

ぼくらは、もう何も言わない。黙って本屋の主人を見つめる。本屋もぼくらを見つめている。彼の額に汗が浮く。しばらくして、彼が叫ぶ。

「そうなふうにじっと見ないでくれ！　出ていってくれ！」

ぼくらは、あらためて口を開く。

「ぼくたちの側では、これらの商品と引き換えに、あなたのために何らかの労働を遂行する用意があります。一例を挙げますと、あなたのお庭に水を撒《ま》くとか、雑草を抜くとか、あるいは荷物を運ぶなど……」

彼はまた叫ぶ。

「うちには庭なんかない！　私は、おまえたちなんかに用はない！　それに第一、おまえたち、その……何というか、もう少しふつうに話せないものかい？」

「ぼくたち、ふつうに話していますよ」

「子供のくせに、〝遂行する用意がある〟だとか、そんな言い回しを使うなんて、それがふつうかね？」

「ぼくたちは正確な話し方をしているのです」

「正確すぎるよ、まったく……。おまえたちの話し方、私は断然気に喰わん！　おまえたちが私を見るその目つきもだ！　ここから出ていってくれ！」

ぼくらは訊ねる。

「ところでご主人、雌鶏は所有しておられますか？」

本屋は蒼白になった顔面を、白のハンカチで軽く叩いている。彼は真顔で問う。

「雌鶏だって？　雌鶏がどうしたと言うのかね？」

「……と申しますのは、あなたが雌鶏を所有しておられない場合、ぼくたちは一定数の鶏卵を用意し、ぼくたちにとって必要不可欠のこれらの商品と引き換えに、それをあなたに差し上げることもできるからなのです」

本屋はぼくらを見つめる。ひと言も発しない。

ぼくらは続ける。

「ご承知のように、卵の価格は日ごとに上昇しております。それに反して、紙や鉛筆の価格は……」

彼は、ぼくらの紙、ぼくらの鉛筆、ぼくらのノートを店の戸口のほうへ投げ出し、喚《わめ》く。

「出ていけ！　おまえたちの卵なんか要らん！　そこにあるのは全部くれてやるから、二度と来ないでくれ！」

ぼくらは、投げ出された品々を丁寧に拾い集めたうえで、言う。

「お言葉ではありますが、ぼくたちは、紙を使い果たしたとき、あるいは鉛筆がすり減ってしまったときには、このお店をふたたび訪れるほかあるまいと思われます」

ぼくらの学習

ぼくらの学習教材は、おとうさんの辞典と、このおばあちゃんの家の屋根裏部屋で見つけた聖書だ。

教科として、正書法、作文、読本、暗算、算数、記憶の練習がある。

辞典を使って、単語の綴りを覚えたり、意味を理解したりすることはもちろん、知らない単語や、同意語、反意語も学ぶ。

聖書は、朗読や、書き取りや、記憶の練習をするのに役立つ。そこでぼくらは、聖書のたくさんの頁をそらんじることができるほどに憶えてしまう。

作文の演習は次の要領でおこなう。

ぼくらは下書き用紙と鉛筆と〈大きなノート〉を用意し、台所のテーブルに向かって坐っている。ぼくらのほかには、誰もいない。

ぼくらのうちの一人が言う。

「きみは、『おばあちゃんの家に到着する』という題で作文したまえ」

もう一人が言う。

「きみは、『ぼくらの労働』という題で作文したまえ」

ぼくらは書きはじめる。一つの主題を扱うのに、持ち時間は二時間で、用紙は二枚使える。

二時間後、ぼくらは用紙を交換し、辞典を参照して互いに相手の綴字の誤りを正し、頁の下の余白に、「良」または「不可」と記す。「不可」ならその作文は火に投じ、次回の演習でふたたび同じ主題に挑戦する。「良」なら、その作文を〈大きなノート〉に清書する。

「良」か「不可」かを判定する基準として、ぼくらには、きわめて単純なルールがある。作文の内容は真実でなければならない、というルールだ。ぼくらが記述するのは、あるがままの事物、ぼくらが見たこと、ぼくらが聞いたこと、ぼくらが実行したこと、でなければならない。

たとえば、「おばあちゃんは魔女に似ている」と書くことは禁じられている。しかし、「人びとはおばあちゃんを〈魔女〉と呼ぶ」と書くことは許されている。

「〈小さな町〉は美しい」と書くことは禁じられている。なぜなら、〈小さな町〉は、ぼくらの目に美しく映り、それでいてほかの誰かの目には醜く映るのかもしれないから。

同じように、もしぼくらが「従卒は親切だ」と書けば、それは一個の真実ではない。というのは、もしかすると従卒に、ぼくらの知らない意地悪な面があるのかもしれないからだ。だから、ぼくらは単に、「従卒はぼくらに毛布をくれる」と書く。

ぼくらは、「ぼくらはクルミの実をたくさん食べる」とは書くだろうが、「ぼくらはクルミの実が好きだ」とは書くまい。「好き」という語は精確さと客観性に欠けていて、確かな語ではないからだ。「クルミの実が好きだ」という場合と、「おかあさんが好きだ」という場合では、「好き」の意味が異なる。前者の句では、口の中にひろがる美味《おい》しさを「好き」と言っているのに対し、後者の句では、「好き」は、ひとつの感情を指している。

感情を定義する言葉は非常に漠然としている。その種の言葉の使用は避け、物象や人間や自分自身の描写、つまり事実の忠実な描写だけにとどめたほうがよい。

ぼくらの隣人とその娘

ぼくらの隣人は、おばあちゃんよりは若い婦人だ。隣人は、自分の娘と二人で、〈小さな町〉のいちばん端の家に住んでいる。その家は荒れ放題のあばら屋で、屋根にいくつもの穴が空いている。まわりには畑があるけれど、おばあちゃんの畑とは違って、耕されていない。雑草しか生えていないのだ。

隣人は、一日じゅう庭で腰掛けに坐ったまま、何を見ているのか、ぼんやり前方を眺めている。夜になると、あるいは雨が降り出すと、彼女は娘に手を引かれ、家の中に連れ戻される。その娘が彼女のことを忘れたり、家にいなかったりすることがときどきあるが、そうすると母親は、空模様にかかわりなく、一晩じゅう戸外で動かない。

人びとの話では、ぼくらの隣人は気狂いで、彼女に子供を生ませた男に捨てられたときから気が変になったのだそうだ。

おばあちゃんの話では、隣人はただの怠け者で、仕事に取りかかるくらいなら、むしろみじめな暮らしを続けていたいのだそうだ。

隣人の娘は、ぼくらと同じくらいの背丈だけれど、ぼくらより少し年上だ。昼間、その子は町へ行き、居酒屋の前や街角で乞食をする。市場で、人の捨てる腐った野菜や果物を拾い集め、家に持ち帰る。その子はまた、盗めるものは何でも盗む。ぼくらは、うちの畑で果実と卵を掠《かす》め取ろうとしている彼女を、一度ならず追い払わなければならなかった。

ある日、ぼくらは、彼女がうちの山羊の乳房を吸い、乳を飲んでいる現場を押さえた。そのときのことだ。

彼女はぼくらに気づくと、立ち上がり、口を手の甲でぬぐう。後ずさりする。言う。

「いじめないで！」

彼女は言い足す。

「あたし、駈けるのすごく速いわよ。あんたたち、追いかけたってむだよ」

ぼくらは彼女を注視する。近くから見るのは初めてだ。彼女は兎唇で、藪睨《にら》みだ。鼻汁を垂らし、赤い両眼の端に、黄色い汚いものをつけている。足と腕は出来物《できもの》だらけだ。

彼女が言う。

「あたし、〈兎っ子〉って呼ばれてる。あたし、お乳が好きなの」

彼女は微笑んで見せる。黒い歯が覗く。

「あたし、お乳が好きなの。でも、あたしが何より好きなのはね、山羊のオッパイをしゃぶることなの。ステキよ。堅くて、しかも柔らかいんだ」

ぼくらは答えない。彼女が近づいてくる。

「あたし、ほかのものをしゃぶるのも好きだよ」

彼女が手を伸ばす。ぼくらは後ずさりする。彼女が言う。

「嫌《いや》なの？　あたしと遊びたくないの？　あたしは、とっても遊びたいんだけど……。あんたたち、すごく可愛いんだもの」

彼女はうなだれる。

「あたしが嫌なのよね」

ぼくらが言う。

「違う。おまえが嫌なんじゃない」

「分かった。あんたたち、まだ幼いのね。内気なのね。でも、あたしとだったら、気兼ねしなくていいのよ。とっても面白い遊びを教えてあげるわ」

ぼくらは彼女に言う。

「ぼくら、けっして遊ばないんだ」

「そんならあんたたち、一日じゅう何しているの？」

「仕事をするのさ。勉強をするのさ」

「あたしはね、乞食をするの。盗むの。そして遊ぶの」

「おまえ、おかあさんの世話もするじゃないか。おまえはよい子だ」

彼女は近づいてきて、言う。

「あたしのこと、よい子だと思うの？　ほんとうに？」

「うん。それにね、おまえやおまえのおかあさんに何か要るものがあれば、ぼくらに言えばいいんだ。果物でも、野菜でも、魚でも、ミルクでも、ぼくらがあげるよ」

彼女は喚《わめ》き出す。

「あたし、果物や、魚や、ミルクなんて、欲しくないわ！　そんなもの、あたし、盗めるんだもの。あたしはね、あんたたちがあたしを愛してくれたらって、そう思うのよ。誰も、あたしを愛してくれない。かあさんさえも……。だけど、あたしだって、誰も愛してなんかいないわ。かあさんだって、あんたたちだって！　あんたたちなんか、あたし、憎むわ！」

乞食の練習

ぼくらは破れた汚い衣類を身に纏《まと》う。裸足《はだし》になり、顔と手をわざと汚す。街中へ出かける。立ち止まり、待つ。

外国人の将校がぼくらの前を通るとき、ぼくらは右腕を挙げて敬礼(註6)し、左手を差し出す。たいてい、将校は立ち止まらず、ぼくらに気づきもせず、ぼくらを見もせず、通り過ぎる。

やっと、ひとりの将校が立ち止まった。彼は、ぼくらに理解できない言語《ことば》で何事か言う。ぼくらに、あれこれ問いかけているらしい。ぼくらは返事しない。一方の腕を挙げ、もう一方を前に差し出したまま、じっとしている。すると彼は、ポケットの中を探り、硬貨一枚とチョコレートのかけらをぼくらの汚れた掌《てのひら》の上に載せ、しきりに首を捻《ひね》りながら立ち去る。

ぼくらは待ち続ける。

婦人が通りがかる。ぼくらは手を差し出す。彼女が言う。

「かわいそうにね……。私には、あげられるものが何ひとつないのよ」

彼女は、ぼくらの髪をやさしく撫でてくれる。

ぼくらは言う。

「ありがとう」

別の婦人が林檎を二個、もう一人がビスケットをくれる。

また別の婦人が通りがかる。ぼくらは手を差し出す。彼女は立ち止まり、言う。

「乞食なんかして、恥ずかしくないの？　私の家にいらっしゃい。あなたたち向きの、ちょっとした仕事があるから。たとえば薪《まき》を割るとか、テラスを磨くとかね。あなたたちくらい大きくて強ければ充分できるわよ。ちゃんと働いてくれたらば、お仕事が終わってから、私がスープとパンをあげます」

ぼくらは答える。

「ぼくら、奥さんのご用を足すために働く気はありません。あなたのスープも、パンも、食べたくないです。腹は減っていませんから」

彼女が訊ねる。

「だったらどうして、乞食なんかしているの」

「乞食をするとどんな気がするかを知るためと、人びとの反応を観察するためなんです」

婦人はカンカンに怒って、行ってしまう。

「ろくでもない不良の子たちだわ！　おまけに、生意気なこと！」

帰路、ぼくらは道端に生い茂る草むらの中に、林檎とビスケットとチョコレートと硬貨を投げ捨てる。

髪に受けた愛撫だけは、捨てることができない。

兎っ子

ぼくらは川に糸を垂らし、魚釣りをしている。〈兎っ子〉が駈けて来る。彼女は、ぼくらがいることに気づかない。草むらに寝そべり、スカートをたくし上げる。パンティを穿《は》いていない。彼女のむき出しのお尻と股間の毛が、ぼくらに見える。ぼくらの股の間には、まだ毛が生えていない。〈兎っ子〉にはその毛があるけれど、ほんの少しだけだ。

〈兎っ子〉が口笛を吹く。一匹の犬がやって来る。うちの犬だ。彼女は犬を抱く。犬といっしょに草むらを転がる。犬は吠え、立ち上がり、身震いし、駈け出す。〈兎っ子〉が、指で自分の性器を撫でながら、甘い声で犬を呼ぶ。

犬が戻ってきて、〈兎っ子〉の性器を二度、三度と嗅《か》ぎ、そして舐《な》めはじめる。〈兎っ子〉は脚を広げ、両手で犬の頭を自分の下腹部に押しつける。彼女は息づかいを荒らげ、身をよじる。

犬の性器が形を顕《あらわ》す。だんだん長くなる。それは細くて赤い。犬が頭を擡《もた》げる。〈兎っ子〉の上によじ登ろうとする。〈兎っ子〉が体の向きを変える。彼女は両膝をついている。犬のほうにお尻を突き出す。犬が、前足を〈兎っ子〉の背中に掛ける。後足は震えている。犬は探し、ますます接近し、〈兎っ子〉の両脚の間に割って入り、彼女のお尻にぴったりくっつく。前後に、非常なピッチで動く。〈兎っ子〉が悲鳴を上げる。そして、一瞬ののち、腹から崩れ落ちる。

犬がゆっくりと離れる。

〈兎っ子〉は、しばらく寝そべったままでいる。それから立ち上がる。ぼくらに気づく。顔を赤らめる。彼女は叫ぶ。

「あんたたち、汚いわ、盗み見したのね！　何を見たの？」

ぼくらは答える。

「おまえがうちの犬と遊んでいるのを見たよ」

彼女は問う。

「それでもまだ、あたしの友だちでいてくれる？」

「うん。それに、うちの犬と好きなだけ遊んでいいよ」

「……で、あんたたち、ここで見たこと、誰にも言わない？」

「ぼくらは、誰にも、何も、絶対に言わない。ぼくらを当てにして大丈夫だ」

彼女は草むらに腰を下ろし、泣き出す。

「動物しか、あたしを愛してくれないの」

ぼくらが訊ねる。

「おまえのおかあさんが気狂いだっていうのは、ほんとうなの？」

「いいえ、かあさんは耳が聞こえないし目も見えないけれど、それだけよ」

「おかあさんに何があったんだい？」

「別に何も。特別なことなんて、何もなかったわ。ある日、かあさんは目が見えなくなり、それからしばらくして、耳が聞こえなくなったの。かあさんは、あたしも同じようになると言ってる。あたしの眼に気がついた？　朝ね、目が醒めると、睫毛《まつげ》が貼り着いているの。あたしの眼、目やにでいっぱいなんだ」

ぼくらが言う。

「それはきっと、医者に罹《かか》れば治る病気だよ」

彼女は言う。

「たぶんね。でも、お金なしで、どうやってお医者に診てもらうの？　どっちみち、お医者なんていやしない。みんな、戦場へ行っているもの」

ぼくらは問う。

「耳のほうは？　耳が痛むのかい？」

「いいえ、あたし、耳には何の問題もないわ。それはきっと、かあさんも同じだと思う。かあさんは、何も聞こえないふりをしているの。あたしにあれこれ訊かれるものだから、そのほうが都合がいいのよ」

盲と聾の練習

ぼくらのうちの一人が盲人を、もう一人が聾者を演じる。慣れるため、初めのうち、盲人役はおばあちゃんの黒い三角の布を目に当て、聾者役は耳に草を詰める。三角の布は、おばあちゃん同様、臭い。

ぼくらは手をつなぐ。警報が出て人びとが防空壕がわりの地下室に隠れ、通りから人影の消える頃合を見計らって、散歩に出かける。

聾者が、目に見えるありさまを語る。

「この通りは、真っ直ぐで長く続いている。左右に平屋が並んでいる。家並みの色は、白、グレー、薔薇色、黄色、青だ。通りの先に、公園の木々と泉が見える。空は青く、白い雲がいくつか浮かんでいる。飛行機が見える。五機の爆撃機だ。低空飛行しているよ」

盲人は、唇の動きを聾者が読み取れるよう、ゆっくりと話す。

「飛行機の飛んでいる音が聞こえる。底深い断続音だ。エンジンが全開しているな。爆弾を積んでいるのにちがいない。……その飛行機も、今は遠くへ行ってしまった。また、小鳥の囀《さえず》りが聞こえ出した。それを別にすると、この辺りは静まりかえっている」

聾者は盲人の唇の動きを読み取って、答える。

「そうだ、この通りには人けがない」

盲人が言う。

「だけど今に、誰か現れるぞ。左側の道から近づいてくる足音が聞こえるんだ」

聾者が言う。

「おまえの言うとおりだ。現れたよ。男だ」

盲人が訊ねる。

「どんな風采の男だい？」

聾者が答える。

「ほかの男たちと同じさ。みすぼらしくて、老いぼれだ」

盲人が言う。

「それは先刻承知さ。足音が年寄りのものだって聞き分けられたからな。足音から、男が裸足《はだし》だということも、だから貧乏だということも分かる」

聾者が言う。

「男は禿《は》げ頭だ。古い軍服を着ている。ズボンの丈が短すぎる。足が汚い」

「眼は？」

「見えないよ。俯《うつむ》いているんだ」

「口もとは？」

「唇がすぼんでいる。きっともう、歯がないんだ」

「手は？」

「ポケットに突っ込んだままだ。ばかに大きなポケットで、何かがいっぱい詰まっている。ジャガイモかクルミの実だろう、ポケットにいくつか小さな瘤《こぶ》ができている。男がうなじを上げた。ぼくらを見ている。だけど、こっちからは、男の眼の色は見分けられない」

「ほかには何も見えないのか」

「皺が見える。彼の顔の、傷痕のように深い皺が見える」

盲人が言う。

「サイレンが聞こえる。警報解除だ。帰ろう」

その後、練習を重ねたぼくらは、目に当てる三角の布も耳に詰める草も必要としなくなった。盲人を演じる者は単に視線を自分の内側に向け、聾者役は、あらゆる音に対して耳を閉じるのだ。

脱走兵

ぼくらは森で、一人の男を見つけた。生きている男、若い男だが、軍服は着ていない。彼は灌木《かんぼく》の茂みの蔭に横たわっている。身じろぎもせず、ぼくらを見ている。

ぼくらは彼に問う。

「どうしてそんな所に寝ているの？」

彼は答える。

「もう歩けないのさ。国境の向こう側から来たんだ。二週間、歩きづめでな。昼も夜も……。たくさん歩いたのは夜中だ。しかし、もうくたくただ。ひもじい。三日前から何も喰っていないんだ」

ぼくらが問う。

「どうして軍服を着ていないの？　若い男はみんな軍服を着ているのに。みんな兵隊だもの」

彼は言う。

「おれはな、兵隊でいるのが厭《いや》になったのさ」

「敵と戦いたくなくなったの？」

「誰とも戦いたくなんかない。おれにゃ、敵なんていやしない。おれは自分の家に帰りたいんだ」

「どこなの、お家《うち》は？」

「ここからはまだ遠い。食えるものが見つからなかったら、辿り着けない」

ぼくらは問う。

「どうして食べ物を買いに行かないの？　お金がないの？」

「買いに行くなんて、とんでもない。おれは金も持っていないし、人前には出られない。隠れていなくちゃならん。人目についてはまずいんだ」

「なぜ？」

「許可なしに連隊を離れたからさ。逃げたんだ。おれは脱走兵なんだよ。もし見つかったら、銃殺か絞首刑にされちまう」

ぼくらは言う。

「人殺しみたいに？」

「そう、まさに人殺しみたいにさ」

「ところが、あなたは誰も殺したくないんだ。ただ自分の家に帰りたいだけなんだよね」

「そう、ただ自分の家に帰りたいだけなんだ」

ぼくらが訊ねる。

「どんな食べ物を持ってきてほしいの？」

「何でもいい」

「山羊のミルク、茹《ゆ》で卵、パン、果物？」

「うん、うん、何でもいいんだ」

ぼくらが訊ねる。

「毛布はどう？　夜は冷えるし、よく雨が降るよ」

彼は言う。

「うん、欲しい。だけど、きみたち、人目を引かないようにしてくれないと……。それから、ほかの人間には何ひとつ喋っちゃいかんのだよ、分かってるね？　きみたちのおかあさんにも、だよ」

ぼくらは答える。

「ぼくら、人に見られたりしないし、誰が相手でも、ひと言も漏らさない。それに、ぼくらにおかあさんはいないんだ」

ぼくらが食糧と毛布を抱《かか》えて戻ると、彼は言う。

「ありがとう、親切だね」

ぼくらは言う。

「別に親切にしたかったわけじゃないよ。ぼくらがこういうものを運んできたのはね、あなたがこういうものを絶対に必要としていたからなんだ。それだけのことさ」

彼が、また言う。

「どうお礼すべきかも分からない。きみたちのことは、けっして忘れないよ」

彼の目が涙で潤《うる》む。

ぼくらは言う。

「あのね、泣いても何にもならないよ。ぼくらは絶対に泣かない。まだ一人前でないぼくらでさえ、そうなんだよ。あなたは立派な大人の男じゃないか……」

彼はぼくらに向かって、笑みをつくる。

「きみたちの言うとおりだ。ごめんよ、もう泣かないから。涙なんか見せちまったのは、ただもう疲れ果てているせいなんだ」

断食の練習

　ぼくらは、おばあちゃんに宣言する。

「今日と明日、ぼくらは何も食べないよ。水を飲むだけにする」

　おばあちゃんは首をすくめる。

「勝手におし。ただし、いつもどおり働くんだよ」

「もちろんさ、おばあちゃん」

　第一日目、おばあちゃんが若鶏を殺し、竈《かまど》で焼く。正午になると、ぼくらを呼ぶ。

「食べにおいで！」

　ぼくらが台所へ行くと、そこにはいい匂いが充満している。ぼくらは少し空腹だけれど、さほどでもない。ぼくらの見ている前で、おばあちゃんが若鶏を切り分ける。

　おばあちゃんが言う。

「なんていい匂いなんじゃろ。おまえたち、このいい匂いを感じるかい？　さて、腿肉を一切れずつ欲しいかな？」

「何も欲しくないよ、おばあちゃん」

「残念だねえ、こりゃとびきり旨《うま》いのに」

おばあちゃんは、指を舐《な》めつつ、その指をエプロンでぬぐいつつ、手摑《てづか》みで食べる。骨を嚙み、音を立ててしゃぶる。

そして言う。

「まあ柔らかいこと、このほやほやの若鶏……。これ以上旨いものは想像できないね」

ぼくらが言う。

「おばあちゃん、ぼくらがおばあちゃんの家に暮らすようになってから、若鶏を焼いてくれたことなんて一度もなかったよね」

おばあちゃんは言う。

「ちょうど今日、一羽焼いたんじゃないかね。おまえたち、食べりゃいいんだよ」

「ぼくらが今日と明日は絶食すること、知っていたくせに……」

「わしのせいにしないでおくれよ。そんなのは、おまえたちがまたまたおっぱじめた愚にもつかない気まぐれじゃないか」

「ちゃんと目的のある練習の一つさ。ひもじさに耐える習慣をつけるためなんだ」

「ふん、そんなら存分に、そういう習慣をつけるがいいよ。そんなことを邪魔する物好きはおらんから」

　ぼくらは台所から出る。畑へ仕事をしに行く。日暮れ頃、ほんとうにひどく腹が減る。水を大量に飲む。夜、なかなか寝つけない。食べ物の夢を見る。

　翌日のお昼、おばあちゃんは若鶏をすっかり平らげてしまう。ぼくらは、彼女が食べるさまを、霞のようなもののかかった視界の内にぼんやり眺める。もう空腹は覚えない。眩暈《めまい》がする。

　夜、おばあちゃんが、ジャムとクリームチーズのクレープを作る。ぼくらは吐き気を催し、胃痙攣に襲われるが、いったん横になると、深い眠りに落ちる。起床すると、おばあちゃんはすでに市場へ出かけたあとだ。ぼくらは朝食をとろうとするが、台所には食品が全くない。パンも、ミルクも、チーズもない。おばあちゃんが、何もかも地下の貯蔵庫にしまい込んだのだ。ぼくらはその貯蔵庫を開けようと思えば開けられるのだけれど、少し考えて、そこにはいっさい手をつけないことにする。生のトマトと胡瓜に塩をふって食べる。

　おばあちゃんが市場から帰ってくる。彼女が言う。

「おまえたち、今朝は仕事をサボったね」

「起こしてくれればよかったんだよ、おばあちゃん」

「起こされなくても、自分らで起きりゃいいんじゃ。でもまあ、今日は特別じゃ、食べさせてやるよ」

おばあちゃんが、いつもどおり、市場の売れ残りの野菜でスープを作ってくれる。が、ぼくらの喉にはほとんど通らない。食後、おばあちゃんが言い捨てる。

「愚かな練習じゃや。そのうえ、体に悪いわい」

おじいちゃんのお墓

ある日ぼくらは、おばあちゃんが、じょうろと畑仕事の用具を持って外出するのを見かける。ところが、葡萄畑に向かう代わりに、おばあちゃんは別の方角を選ぶ。おばあちゃんがどこへ行くのかを知ろうと、ぼくらは距離をとって尾行する。

おばあちゃんは墓地に入る。ひとつのお墓の前で立ち止まる。道具類を地面に下ろす。今、墓地には人の気配がない。そこにいるのは、おばあちゃんとぼくらだけだ。灌木《かんぼく》の茂みや墓石の後ろに隠れながら、ぼくらはだんだん接近する。おばあちゃんは目が悪く、耳も遠い。おかげでぼくらは、おばあちゃんに勘づかれることなく、おばあちゃんの挙動を窺うことができる。

おばあちゃんはお墓の雑草をむしり、シャベルでその根を掘り起こし、土を掻きならし、花を植え、井戸へ水を汲みに行き、戻ってきてお墓に水を撒《ま》く。

仕事を終えると、おばあちゃんは道具を片づける。それから、木の十字架の前にひざまずくかのように身を屈《かが》める。が、よく見ると、しゃがんでいるだけだ。お祈りを唱えるかのように、彼女は両手をおなかの前に合わせている。その実ぼくらの耳に聞こえてくるのは、ほとんどもっぱら罵詈《ばり》雑言《ぞうごん》だ。

「不潔なやつ……ごろつき……腐り切って……呪われた……」

おばあちゃんが立ち去るのを待って、ぼくらはお墓を見に行った。お墓の世話はたいへん行き届いている。十字架を見る。十字架に記されている姓はおばあちゃんの姓だ。ぼくらのおかあさんの旧姓でもある。ファースト・ネームのほうは二つの名をハイフンで連結したもので、その二つの名はそれぞれ、ぼくら自身のファースト・ネームだ。

十字架には、誕生と死亡の年月日も記されている。ぼくらは暗算して、おじいちゃんが四十四歳で、今から二十三年前に亡くなったことを割り出す。

その夜、ぼくらはおばあちゃんに訊ねた。

「どんな人だったの、ぼくらのおじいちゃんは？」

おばあちゃんは言う。

「ええ？　何だって？　おまえたちに、じいちゃんなんていやしないよ」

「でも昔は、ぼくらにも、おじいちゃんがいたはずだよ」

「いいや、昔もいなかった。おまえたちが生まれたときには、あの人はもう死んじまってた。だから、おまえたちにじいちゃんがいたことなんか、一度もないわい」

ぼくらが問う。

「どうして、おばあちゃん、おじいちゃんに毒を盛ったの？」

おばあちゃんが問い返す。

「何だい、そのデタラメな話は？」

「世間では、おばあちゃんがおじいちゃんを毒殺したって噂しているよ」

「やれ世間では、世間ではって、ふん、世間の連中なんかにゃ、勝手に言わせておくさ」

「毒殺しなかったの？」

「うるさいよ、牝犬の子！　何ひとつ証拠もありはしないんだからね！　世間じゃ、いい加減な作り話ばっかりするんだよ」

ぼくらは、なおも問う。

「ぼくら、おばあちゃんがおじいちゃんのこと好きじゃなかったって、知ってるよ。好きでなかったんなら、どうしてお墓の世話をするの？」

「まさにそういう理窟があるためじゃ！　変な噂が立っているせいで、打ち消さにゃならん。いつまでたっても陰口が止《や》まないで、煩《わずら》わしいからね！　それはそうと、やい、おまえたち、わしがあの人の墓の世話をしていること、どうして知っているんだい？　盗み見したんだね。牝犬の子め、またわしのやっていることを盗み見したんだね！　おまえたち、悪魔に攫《さら》われてしまえ！」

残酷なことの練習

日曜日だ。ぼくらは若鶏を一羽捕らえ、その喉を、前に見たおばあちゃんのやり方に倣《なら》って掻き切る。息絶えた若鶏を台所に持って行き、言う。

「これを焼いて、おばあちゃん」

おばあちゃんが目をむく。

「わしの若鶏、誰が殺していいって言った？　おまえたちにそんなことをする権利はないよ！　この家の主人はわしなんだからね、糞ったらしのガキどもめ！　わしゃ、それは焼かないよ！　それを焼くくらいなら、死んだほうがましじゃわい！」

ぼくらは言う。

「厭《いや》ならいいよ、ぼくらが焼くから」

ぼくらは若鶏の羽をむしり始めるが、たちまちおばあちゃんに取り上げられる。

「やり方を知りもしないくせに！　やれやれ、汚い悪ガキ、わしの人生の禍《わざわい》、神様の処罰、それがおまえたちだよ！」

若鶏が焼ける間、おばあちゃんはメソメソする。

「これはいちばん立派なやつだったのに……。あの二人、わざといちばん立派なのを選んだんじゃな。火曜日の市場に出すのにちょうどよかったのに……」

若鶏を食べながら、ぼくらが言う。

「これ、すごく美味《おい》しい。ぼくらね、これから毎日曜日、若鶏を食べることにするよ」

「毎日曜日だって？　おまえたち、気でも狂ったのかい？　わしを破産させる気かい？」

「ぼくら、日曜ごとに若鶏を食べる。おばあちゃんが何と言おうと、食べることに決めた」

おばあちゃんはまた泣き出す。

「わしがこの子たちに何をしたっていうのかねえ？　ああ情けない！　この子たち、わしが死ぬといいと思っているんだよ……。哀れな、か弱い年寄りのわしなのに。こんな目に遭う謂われはないのに。この子たちにこんなに善《よ》くしてやっているわしなのに！」

「そうさ、おばあちゃん、おばあちゃんは善い人さ、とっても善い人さ。だからその善意に満ちたやさしさで、ぼくらに毎日曜日、若鶏を焼いてくれるよね」

彼女が少し落ち着きを取り戻すと、ぼくらはこうも言う。

「何か殺すときには、ぼくらを呼んでね。殺すのはぼくらがやるから」

おばあちゃんはニヤリとする。

「おまえたち、殺すのが好きなんだね、そうじゃろう？」

「そうじゃないよ、逆だよ、おばあちゃん。ぼくらは殺すのがいつも厭で、気が進まないんだ。でも、気が進まないからこそ、ぼくらは殺すことに慣れなきゃならないんだ」

おばあちゃんは言う。

「なるほど……。また新しい練習というわけだね。おまえたちの言うとおりじゃ。必要があれば、殺すこともできにゃならん」

ぼくらは魚から始めた。魚の尾を摑《つか》み、頭を石に叩きつける。ぼくらはたちまち、雌鶏、兎、アヒルといった、食用の動物を殺すことに慣れてしまった。そこで次には、殺さなくてもよい動物を殺すことにした。蛙を捕まえる。板に釘付けにする。その腹を切り裂く。蝶も捕らえて、ボール紙にピンで留める。何日かするうち、ぼくらの蝶のコレクションは見事なものになった。

ある日、うちの猫、赤毛の雄猫を木立の枝に吊《つ》るした。吊るされると、猫は長く伸び、異様な姿になる。びくっと跳ねたり、痙攣を起こしたりする。猫がついに動かなくなったところで、ぼくらは吊り紐を解いた。猫は草の上に伸びてぐったりしていたが、しばらくして急に起き上がると、一目散に逃げ去った。

その日以来、時折はその猫を遠くに見かけるが、猫はしかし、もう家に寄りつかない。ぼくらはミルクを小皿に入れて戸口に置いておくのだが、それを飲みにさえもやって来ない。

おばあちゃんが、ぼくらに言う。

「あの猫、どんどん野良猫になっているよ」

ぼくらは言う。

「心配しないで、おばあちゃん。鼠捕りなら、ぼくらが引き受けるから」

ぼくらは罠を作る。そして、その罠に引っかかる鼠を、煮立っている湯の中に投げ込んで溺れさせ、茹《ゆ》で殺す。

ほかの子供たち

ぼくらは〈小さな町〉で、ほかの子供たちに出会う。学校は閉まっているから、彼らは一日じゅう戸外にいる。大きな子もいれば、小さな子もいる。この町に自分の家があり、母親といっしょに暮らしている子もいるが、そうでない子は、ぼくらのように、よそから疎開して来たのだ。なかでも、〈大きな町〉から来た子が多い。

よそから来た子の多くは、以前は知りもしなかった人の家に預けられている。彼らは野菜畑や葡萄畑で働かなければならない。彼らを預かっている人びとは彼らに対して、必ずしもやさしくはないのだ。

体の大きな子は、しばしば体の小さな子を襲う。小さな子がポケットに持っているものを全部取り上げるし、ときには服まで奪う。小さな子を殴ることもある。狙われるのはたいてい、よそから来た小さな子だ。この町にもとから住んでいる小さな子は、母親に護《まも》られているし、それに、けっして独《ひと》りでは出歩かない。

ぼくらには、護ってくれる人はいない。そこでぼくらは、大きな子から自分で身を護ることを学ぶ。

ぼくらは武器を拵《こしら》える。研《と》いで尖《とが》らせた石や、砂利や小石を詰めた靴下だ。ぼくらはカミソリも携帯している。屋根裏部屋の荷箱の中、聖書の隣に投げ出されていたのを取ったのだ。カミソリをちらつかせるだけで、大きな子も逃げ失せる。

ある暑い日のことだ。ぼくらは、家に井戸のない者たちが水を汲みに来る泉の傍らに坐っている。すぐ近くの草むらに、ぼくらより大きな男の子たちが寝そべっている。この木蔭、絶え間なく流れる水のまわりは、涼しくて心地好い。

そこに〈兎っ子〉がやって来て、持ってきたバケツを、ちょろちょろとしか水の出ない蛇口の下に置く。バケツに水の満ちるのを辛抱強く待つ。

バケツに水がいっぱい溜まったとき、男の子たちのうちの一人が起き上がり、近づいて、バケツの中に唾《つば》を吐く。〈兎っ子〉は水を捨て、バケツを洗い、蛇口の下に置き直す。

バケツがふたたび水でいっぱいになる。と、別の男の子が起き上がり、バケツの水に唾を吐く。〈兎っ子〉は、バケツを洗って蛇口の下にまた置く。彼女はもう、バケツがいっぱいになるのを待たない。バケツ半分の水が溜まるやいなや、それを抱《かか》えて大急ぎで逃げ出す。

男の子たちのうちの一人が彼女を追いかけ、腕を摑《つか》んで取り押さえ、またバケツに唾を吐き入れる。

〈兎っ子〉が抗議する。

「いい加減にしてよ！　あたし、きれいな飲み水を持って帰らなきゃならないのよ」

男の子が言う。

「おいおい、この水はきれいだぜ。おれが中に唾を吐いただけだ。おまえ、まさかおれの吐いた唾が汚いなんて言うんじゃないだろうな！　おれの唾なんて、おまえの家の中にあるものなら何と較べたって、きれいなもんだぜ」

〈兎っ子〉はバケツの水を捨てる。泣き出す。

男の子が自分のズボンの前を開け、言う。

「しゃぶれ！　おまえがこいつをしゃぶったら、バケツいっぱい水を汲ませてやるよ」

〈兎っ子〉が身を屈《かが》める。男の子は後ろへ身を引く。

「おまえの汚らしい口の中に、おれがちんぽを入れると思っているのか？　あばずれめ！」

男の子は〈兎っ子〉の胸に足蹴《あしげ》りを喰らわせ、自分のズボンの前を閉める。

ぼくらが駈け寄る。〈兎っ子〉を抱き起こす。バケツを手に取り、よく洗って、泉の蛇口の下に置く。

男の子のグループの一人が、ほかの二人を誘う。

「こっちへ来いよ。別の場所で遊ぼうぜ」

もう一人が言う。

「おまえ、どうかしているんじゃないか？　やっと面白くなってきたんだぜ」

先の男の子が言う。

「やめておけって！　おれ、あいつらを知っているんだ。やつらは危険だ」

「危険だって？　あの間の抜けたチビどもが？　おれがやっつけてやるさ、おれがな。見ているがいいぜ！」

そう言い放つと、男の子はぼくらに向かって来てバケツに唾を吐き入れようとするが、ぼくらのうちの一人がその子の足をすくい、もう一人が砂利袋で頭を殴る。男の子は倒れる。打ちのめされ、地に這う。他の二人は、ぼくらから目を離さない。一人が、ぼくらに向かって一歩踏み出す。もう一人が言う。

「気をつけろ！　あのチンピラども、何だってやるぜ。おれなんか、あいつらに一度こめかみを割られたんだぞ。あいつらカミソリまで持っていて、遠慮なく使ってくる。平気でおまえの喉を切りかねない。あいつら、完全にいかれてるんだ」

男の子たちは立ち去る。

ぼくらは、水の満ちたバケツを〈兎っ子〉に差し出す。彼女はぼくらに問う。

「どうして、初めから助けてくれなかったの？」

「おまえがどういうふうに身を護るのか、見たかったのさ」

「大きな男の子三人を相手に、あたしに何ができたっていうの？」

「やつらの頭から、バケツの水をぶっかける。顔面を爪で引っ掻く。きんたまを思いっきり蹴り上げる、叫ぶ、喚《わめ》き立てる。さもなきゃ、ひとまず逃げて、あとで戻ってくるのさ」

冬

寒くなる一方だ。ぼくらは旅行カバンを隅々まで引っ掻き回し、入っている衣類をほとんど全部、一度に着る。セーター二、三枚を重ね着し、ズボンを二、三本重ねて穿《は》くのだ。しかし、すり減って穴の空いた靴の上に、もう一足の靴を履《は》くことはできない。もっとも、予備の靴などありはしない。手袋も帽子も、ぼくらは持っていない。ぼくらの手足は、今やあちこち凍傷にやられている。

空は鉛色、街に人影がなく、川は凍結し、森は雪に覆われている。ぼくらはもう、森に入ることができない。ところが、もうすぐ薪《まき》の蓄えが尽きるのだ。

ぼくらは、おばあちゃんに言う。

「ぼくら、ゴム長靴が二足要るよ」

おばあちゃんが返事する。

「あれが要る、これが要るって、またかい？　そんなお金、うちのどこにあるってい

う の?」

「でも、おばあちゃん、薪がもう僅《わず》かしか残っていないんだよ」

「節約すりゃいいんだよ」

　ぼくらはもはや家の外へ出ない。ありとあらゆる炉端仕事をこなす。木を彫って、匙《さじ》とか、パンを載せる板とか、いろいろなものを作る。また、夜遅くまで勉強する。おばあちゃんは、ほとんど終日ベッドにもぐり込んでいて、めったに台所に出て来ない。おかげでぼくらは、煩《わずら》わされることなく落ち着いて時を過ごせる。

　食事は粗末だ。もう野菜も果物もなく、雌鶏も卵を産まないからだ。実は地下の貯蔵庫に、燻製にした肉やびん詰めのジャムがぎっしり保存されているのだが、おばあちゃんが毎日そこから取り出すのは、ごくわずかの干しインゲンと何個かのジャガイモだけなのだ。

　郵便配達夫が、ときどきやって来る。彼が自転車の鈴をしつこく鳴らし続けると、おばあちゃんが戸口を開けて外に出る。すると彼は鉛筆の芯を舐《な》め、一枚の紙片に何か書きつけ、鉛筆とその紙片をおばあちゃんに差し出す。おばあちゃんがその紙片の下のほうに×印を入れる。と、郵便配達夫は、お金か、小包か、手紙をおばあちゃんに渡す。そして、口笛を吹きながら町のほうへ引き返していく。

おばあちゃんは、小包かお金を受け取ると必ず、それを持って寝室に閉じこもる。もし手紙があれば、竈《かまど》の火の中に投げ込んでしまう。

ぼくらが問う。

「おばあちゃん、どうして手紙を読まずに捨てるの？」

彼女が答える。

「わしは字が読めないもの。学校なんて一度も行ったことがないし、働いてばかりいたからね。わしゃ、おまえたちみたいに甘やかしちゃもらえなかったんだよ」

「ぼくら、おばあちゃんに届く手紙、読んであげられると思うよ」

「わしに届く手紙は、誰も読んじゃならん」

ぼくらが問う。

「誰がお金を送ってよこすの？　誰が小包を送ってくれるの？　誰が手紙をくれるの？」

おばあちゃんは返事をしない。

翌日ぼくらは、おばあちゃんが地下室に降りている隙《すき》に、おばあちゃんの寝室を捜索する。ベッドの下から開封された小包が出てくる。中には、何枚ものセーターやマフラーや帽子や手袋が入っている。ぼくらはしかし、おばあちゃんには黙っている。

何か言うと、ぼくらが彼女の寝室を開けることのできる鍵を持っていることがバレてしまうから――。

夕食後、ぼくらは待機する。おばあちゃんは蒸溜酒をひとしきり飲んだあと、千鳥足で寝室のほうへ行き、腰紐に引っ掛けている鍵でドアを開ける。ぼくらはおばあちゃんのあとについて行き、後ろから背中を突き放す。おばあちゃんはベッドに倒れ込む。ぼくらは、あちらこちら探すふりをし、そしてたまたま小包を見つけたふりをする。

ぼくらは言う。

「これは酷《ひど》いよ、あんまりだ、おばあちゃん。ぼくらは寒がっているんだよ。ぼくらには冬物の衣類がないんだよ。ぼくらはもう外に出られずにいるんだよ。それなのに、おかあさんがぼくらのために編んで送ってくれたものを、残らず売り払おうとするなんて」

おばあちゃんは返事しないで、泣き出す。

ぼくらは、さらに言う。

「お金を送ってくれるのは、おかあさんなんだ。おばあちゃんに手紙を書いてよこすのも、おかあさんなんだ」

おばあちゃんが言う。

「あの娘《こ》が便りしてくる相手は、わしじゃない。わしに字がよめないこと、あれはよう知っておる。以前は、一度だって便りしてくれなんだ。今は、ここにおまえたちがいるから、書いてよこすんじゃ。じゃが、わしはな、あの娘の手紙なんぞに用はないわい！　あの娘から来るものなんか、何も要らんのじゃ！」

郵便配達夫

その日以降、ぼくらは郵便配達夫を庭木戸の前で待つ。郵便配達夫は、ハンチングを被った、年取った男だ。彼の自転車の荷台には、革のカバンが二つ掛けられている。やって来た郵便配達夫に、ぼくらは自転車の鈴を鳴らす暇を与えない。すばやく、鈴のネジを取り外してしまう。

彼が訊く。

「おまえらのばあちゃんはどこだい？」

ぼくらが言う。

「おばあちゃんに構うな。持ってきたものを、ぼくらによこせ」

「何も持って来ちゃいないんだ」

そう言って、郵便配達夫は来た道を引き返そうとするが、ぼくらに突き飛ばされる。積雪の中に転ぶ。自転車がその上から倒れかかる。彼は悪態をつく。

ぼくらは、彼のカバンの中を調べる。一通の封書《ふうしょ》と、一枚の為替《かわせ》を見つける。封書はズボンのポケットにしまい込み、為替のほうを突きつけて、言う。

「お金をよこせ」

彼は言い張る。

「やれない。ばあちゃん宛ての為替だからな」

ぼくらが言う。

「だけど、お金はぼくらに送られてきたんだ。おかあさんが、ぼくらに送ってくれたんだ。お金を渡してくれなきゃ、おじさんが凍《こご》え死ぬまで、邪魔して起き上がらせないよ」

彼は言う。

「分かった、分かった、起きるのを手伝ってくれ。足が自転車の下でへし折れそうだ」

ぼくらは自転車を起こし、手を貸して郵便配達夫を立ち上がらせる。この男はガリガリに痩せていて、驚くほど軽い。

彼は制服のポケットの一つからお金を取り出し、ぼくらによこす。

ぼくらが問う。

「署名がいいの、それとも×印？」

「×印でいい。×印は、誰が書いても似たり寄ったりだからな」

一息ついた彼は、言葉を続ける。

「そうだよな、おまえたちだって、自分らのものを横取りされちゃかなわないもんな。おまえらのばあちゃんのことは、誰でも知ってる。あれほどの吝嗇《けち》はほかにおらんもの。ふむ、ふむ、そうすると、あれやこれや送ってくれるのは、おまえらのかあちゃんか？　いいかあちゃんだなあ。わしゃ、あの娘《こ》がほんの子供だった頃を知ってるよ。結局彼女、この町から出て行っちまったが、それでよかったのさ。この町じゃ、いつまでたっても結婚できなかったろうからな。あんな噂が流れていたんじゃ……」

ぼくらは問う。

「どんな噂？」

「ばあさんが亭主に毒を盛ったらしいってことさ。つまりな、おまえらのばあちゃんが、おまえらのじいちゃんを毒薬で殺したのさ。古い話じゃがね……。そういうわけで、みながばあさんのことを〈魔女〉って呼ぶようになったんじゃ」

ぼくらは言う。

「ぼくら、おばあちゃんの悪口を聞くの、面白いと思わないよ」

郵便配達夫は自転車の向きを変える。

「そうかい、そうかい、それでもいずれ、おまえらの耳に入ったにちがいないんじゃ」

「そんなこと、ぼくらはずっと前から聞いていたさ。とにかく今後、郵便物はぼくらに渡すんだよ。そうしないと、おじさん、ぼくらに殺されるよ。分かった？」

郵便配達夫は言う。

「ほんとうにやられかねないわい、おまえらみたいな殺人鬼の卵にかかっちゃ……。郵便物はおまえらに渡すよ。わしにゃ、どっちだっていいことさ。〈魔女〉のことなんか構うものか」

彼は自転車を押して、出発する。大袈裟に足を引きずり、ぼくらに痛めつけられたのだということを、これ見よがしにしている。

翌日、ぼくらは暖かい衣類を着込み、おかあさんの送ってくれたお金でゴム長靴を買うため、町へ出かけた。おかあさんの手紙は、ぼくら二人のシャツの内側に、かわるがわる忍ばせることにした。

靴屋さん

　その靴職人が住まいにし、仕事場にしているのは、駅に近いある建物の半地下だ。その半地下は広い。片隅にベッドがあり、別の隅が台所になっている。外の地面すれすれの高さに窓があり、その手前が仕事場だ。靴職人はたくさんの靴と道具類に囲まれ、低い腰掛けに坐っている。彼は鼻眼鏡ごしに、訪れたぼくらを見る。一面にひび割れしているぼくらの短靴を見る。

　ぼくらが言う。

「こんにちは、靴屋さん。ぼくたち、防水加工で暖かいゴム長靴が欲しいんです。そういうの、ありますか？　お金は持っています」

「ああ、あるとも。だけど、裏打ちがしてあって暖かいやつは、かなり値が張るよ」

　ぼくらが言う。

「ぼくたち、その種の長靴が絶対に要るんです。足が冷えるので」

ぼくらは、持ってきたお金を作業台の上に置く。

靴屋が言う。

「それだけじゃ、一足買うのがやっとだな。しかし、一足で用は足りるかもしれんな。見たところ、きみたち二人の足のサイズは同じだ。交替で外出することにすればよかろう」

「それは無理です。ぼくたち、一人が家に残って、もう一人が外出するなんてことは、けっしてないんです。どこへ行くのもいっしょなんです」

「それなら、おとうさんかおかあさんに頼んで、もっとお金を貰っておいで」

「ぼくたちに親はいません。みんなに〈魔女〉と呼ばれている祖母の家に住んでいるんです。おばあちゃんは、頼んでもお金はくれません」

靴屋は言う。

「あの〈魔女〉が、きみたちのおばあちゃんなのかい？　かわいそうに！　で、なんと彼女の家からここまで、そのひび割れしている短靴で歩いて来たのか！」

「ええ、そうなんです。ぼくたち、長靴がないと、この冬を越せません。森へ柴刈りに行かなくちゃならないんです。雪掻きもしなくちゃなりません。だから、ぼくたちには絶対に……」

「……防水加工を施《ほどこ》した暖かい長靴が二足要るんだね」

そう言って、靴屋は笑い、二足の長靴をぼくらに差し出す。

「履《は》いてごらん」

ぼくらは履いてみる。その二足は、ぼくらの足にぴったりだ。

ぼくらは言う。

「これをください。二足目は、春になったら、魚や卵を売ったお金で支払います。もっとも、ご都合によっては、冬のうちに、お金の代わりに薪《まき》を持ってくることもできますが……」

靴屋は、お金をぼくらに差し返す。

「ほら、これは取っておきなさい。私は、きみたちのお金まで欲しくはない。代わりに上等の靴下でも買うといい。長靴はプレゼントするよ。きみたちにとって絶対に必要なものなんだから」

ぼくらは言う。

「ぼくら、贈り物を受け取るのは好きじゃないんです」

「そりゃまた、どうしてかね？」

「『ありがとう』って言うのが好きじゃないから」

「きみたち、どんなことでも、無理して言うことはないんだよ。いいから、もう行きなさい。いや、待ちたまえ！　このスリッパや、この夏用サンダルもあげよう。それにこの編み上げ靴も。どれも、しっかりした品物だ。好きなだけ持っていきたまえ」

「でも、どうして、こんなにぼくたちにくれるんですか」

「私にはもう必要ないからさ。私はもうじき、ここを発つんだ」

ぼくらは問う。

「どこへ行くんですか？」

「この私には、見当もつかないよ……。どこかへ連行されて、殺されるのさ(註7)」

ぼくらは問う。

「誰に狙われているんですか？　なぜなんですか？」

彼が言う。

「あまり質問しないほうがいいよ。もう帰りなさい」

ぼくらは、短靴と、スリッパと、サンダルを抱《かか》える。長靴は履いている。出口の手前で立ち止まり、言う。

「ぼくたち、おじさんが連行されないといいと思います。また、もし連行されるのだったら、殺されないといいと——。さようなら、靴屋さん。ありがとう、ほんとうにありがとう」

　ぼくらが帰宅すると、おばあちゃんが訊ねる。

「極悪人め！　どこでそんなに盗んだんだい？」

「何も盗んじゃいないよ。これは贈り物なんだ。世の中、おばあちゃんほど吝嗇《けち》な人ばかりじゃないね、おばあちゃん」

万引き

長靴と暖かい服が手に入ったので、ぼくらはまた戸外に出ることができる。氷結した川面《かわも》を滑って遊ぶことも、柴を求めて森に入ることも自在だ。

ぼくらは斧《おの》と鋸《のこぎり》を持ち出す。雪が積もりすぎていて、地面に落ちている枯れ枝を拾い集めることはもう不可能だからだ。木々によじ登り、枯れ枝を鋸で引き、斧で伐《き》り落とす。この仕事の間、ぼくらは寒さを感じない。それどころか、汗をかく。そんなわけで、手袋を外してポケットに入れ、それが擦り減るのを遅らせることができる。

ある日、柴を二束背負って帰る途中、回り道をして〈兎っ子〉に会いに行った。

彼女のあばら屋の前は雪掻きされていず、それでいて、足跡が一つも残っていない。煙突にも、煙が見えない。

入口の戸をノックしてみる。返事がない。家の中に入る。最初、何も見えない。それほど暗いのだ。が、すぐに、目が闇に慣れる。

そこは、台所としても寝室としても使われている部屋だ。とりわけ暗い片隅に、ベッドが一つある。そのベッドに近づく。呼ぶ。誰かが、毛布と古着の重なっている下で動く。〈兎っ子〉の顔が、そこから現れる。

ぼくらが訊ねる。

「おかあさん、いるのかい?」

彼女が返事する。

「うん」

「死んだの?」

「分からない」

ぼくらは柴の束を下ろし、炉に火をおこす。というのも、部屋の中が外と同じように冷えきっているのだ。それから、おばあちゃんの家に行き、地下貯蔵庫からジャガイモと干しインゲンを取り出す。山羊の乳をしぼり、ただちに隣人の家に戻る。ミルクを温める。鍋に雪を解かし、インゲン豆を入れて煮る。ジャガイモは炉で焼く。

〈兎っ子〉が起き上がり、よろよろと、炉のそばに腰を下ろしに来る。

〈兎っ子〉の母親は、まだ生きていた。ぼくらは、彼女の口にミルクを注ぎ込む。〈兎っ子〉に言う。

「全部煮えたら、食べろ。おかあさんにも食べさせてあげろ。ぼくらは、また来る」

靴屋さんが返してくれたお金で、ぼくらは靴下をいく足か買ったけれど、お金を使い果たしはしなかった。食料品店に行き、小麦粉を少々買い、塩と砂糖を、代金を払わずに持ち去る。肉屋へも行く。ベーコンを一切れ買い、大きなソーセージを一個、代金を払わずに持ち去る。〈兎っ子〉の家に引き返す。彼女と彼女の母親は、早くも食べ物をすっかり平らげてしまっている。母親はベッドから動いていない。〈兎っ子〉は食器を洗っている。

ぼくらは彼女に言う。

「これから毎日、柴を一束ずつ運んで来てやるよ。インゲン豆とジャガイモも、少しずつ持って来る。だけど、それ以外のものを手に入れるにはお金が要る。ところがぼくらには、もうお金がないんだ。お金が全然なくちゃ商店にも入れないよ。店に入って何かを買う機会をつくって初めて、別のものを盗むチャンスも生まれるというのに」

〈兎っ子〉が感心する。

「スゴイわねえ、あんたたちの抜け目のなさって！　そのとおりよ、あたしなんて、店の中に入れてももらえないもの。あたし、あんたたちに万引きができるなんて、思いもよらなかったわ」

　ぼくらが言う。

「どうしてだい？　いざとなれば、万引きくらい何でもないよ。ぼくらにとっては、〝器用になるための練習〟といったところさ。それにしても、お金が少しは要る。絶対に要る」

　彼女が思案して、言う。

「お金は、司祭様からもらえると思うわ。あの人、あたしが承知して割れ目を見せてあげると、いくらか恵んでくれたことがあるから」

「あの人、おまえにそんなことさせていたのか？」

「うん。それにね、あの人ったら、ときどきは指を中に入れたわよ。で、そのあとでね、口止め料っていうのかな、お金をくれたものよ。〈兎っ子〉とその母親がお金に困っているって、司祭様にそう言えばいいわ」

恐喝

ぼくらは司祭様の家に向かう。司祭様は、教会の横手の、司祭館と呼ばれる大きな家に住んでいる。

ぼくらが玄関の呼び鈴の紐を引く。と、一人の老婆が扉を開く。

「何の用?」

「司祭様にお目にかかりたいんです」

「用件は?」

「今にも死にそうな人がいるんです」

老婆は、ぼくらを控えの間に通す。

「司祭様」と、彼女が声高に呼ぶ。「終油《しゅうゆ》のお願いです」

ドアの向こう側で返事する声が聞こえる。

「そっちへ行くよ。待ってもらってくれたまえ」

　ぼくらは数分間待たされる。痩身で上背のある、いかめしい顔つきの男が、隣の部屋から出てくる。男は地味な色合いの衣装の上に、白地に金色をあしらった袖なしマントのようなものを羽織っている。彼がぼくらに訊ねる。

「どの辺りの家かね？　誰が、おまえたちをここへ走らせたのかね？」

　彼が言う。

「〈兎っ子〉とその母親です」

「私が知りたいのは、その人たちの正確な氏名だよ」

「正確な氏名は、ぼくたちも知りません。母親のほうは目が見えず、耳も聞こえません。二人が住んでいるのは町のいちばん端の家です。彼女たち、飢えと寒さで死にかけているんです」

　司祭は言う。

「ふむ、その二人には私は会ったこともないが、しかし終油を授けることはできる。よろしい、行きましょう。案内したまえ」

　ぼくらが言う。

「まだ終油の必要はありません。彼女たちには、少しお金が必要なんです。ぼくたち、薪《まき》にする柴と多少のジャガイモや干しインゲンを持って行ってやりましたけれど、それ以上のことはできません。〈兎っ子〉に頼まれてここに伺ったわけです。ときどき、彼女に小銭をやっておられたそうですね」

司祭は言う。

「そんなことがあったかもしれんな。私が施《ほどこ》しをする貧者は大勢いるのでね、皆は憶えてはいられないのだ。ともかく、そういうことなら、ほら、これを！」

彼は袖なしマントのポケットをまさぐり、ぼくらの手に数枚の硬貨を握らせる。ぼくらはそれを受け取っておいて、言う。

「これはまた少ない。あまりにも少ない。これじゃ、丸パンを一個買うにも足りませんよ」

彼が言う。

「気の毒だね。だが、貧しい者の数は多いのだ。一方、信者たちはもうほとんど献金しなくなった。この頃は誰もが困っているのだよ。もう行きなさい。神がおまえたちに恵みを垂れ給うように！」

ぼくらは言う。

「ぼくたち、今日のところはこの額に甘んじてもいいですが、しかし、明日また、ここを訪れるほかあるまいと思いますね」

「何だって？　どういう意味かね？　明日だって？　おまえたちをここへ通しはしないよ。今すぐ、ここから出て行きたまえ」

「明日は、ぼくたちを中に入れてくださるまで、呼び鈴を鳴らし続けます。ぼくたちは窓も叩きますよ。玄関の扉なんか足で蹴ります。そして町の連中に、日頃あなたが〈兎っ子〉にどんなことをしておられたか、すべて話して聞かせますよ」

「私は〈兎っ子〉に断じて何もしておらぬ。〈兎っ子〉とは誰なのか、それさえ知らぬ。その子は、おまえたちに作り話をしたのだ。頭の弱い小娘のいい加減な話など、真に受ける者はおらぬ。誰一人、おまえたちの言うことを信じはせんよ。その子のお喋りは一部始終、嘘だ！」

　ぼくらは言う。

「それが真実であろうと、虚偽であろうと、事態は変わりませんよ。要はね、誹謗中《ひぼうちゆう》傷《しよう》がおこなわれることです。世間というのは、スキャンダルが好きですからねえ……」

　司祭は椅子に腰を下ろし、ハンカチで顔面に滲《し》み出る汗をぬぐう。

「こりゃあ、酷《ひど》い。おまえたち、自分たちの今やっていることが何なのか、せめてそれくらいは分かっているのかね？」

「ええ、承知していますよ、司祭さん。ゆすりです」

「おまえたちの年頃で……。嘆かわしいことだ」

「そうですとも、ぼくたちがこんなことまでせざるを得ないというそのことは、ほんとうに嘆かわしい。けれどもね、司祭さん、〈兎っ子〉と彼女の母親には絶対にお金が要るんです」

司祭は立ち上がり、マントを脱いで、言う。

「これはきっと、神が私に課された試練の一つだ。いくら欲しいのかね？　私は金持ちじゃないよ」

「さきほどくださった小銭の額の十倍。一週間に一度。無理なことは要求していません」

彼はポケットからお金を取り出し、ぼくらに手渡す。

「毎土曜日に来なさい。ただし、私がこういうことをするのを、おまえたちの脅しに屈したからだなどとは、間違っても思ってはいけない。私は慈愛の心ゆえに、こうするのだからね」

ぼくらは言う。

「それこそまさに、あなた様ならと、ぼくたちが初めから期待申し上げていたことなのですよ、司祭様」

非難

ある午後のことだ。従卒が突然、台所に入ってくる。彼に会うのは久方ぶりだ。彼が言う。

「キミタチ、ジープノ荷ヲ降ロス、手伝ッテクレルカ？」

ぼくらは長靴を履《は》く。従卒に随《つ》いて、ジープの停まっている庭木戸の前の道まで行く。従卒から木箱とダンボール箱を受け取っては、将校の部屋まで運ぶ。

ぼくらが問う。

「将校さんも今夜着くの？　ぼくら、まだ一度も会ったことがないよ」

従卒が答える。

「将校殿、冬ノ間、ココニ来ナイ。モシカスルト、永久ニ来ナイ。将校殿、失恋シテ沈ンデイル。モシカスルト、イツカ、誰カ別ノ相手見ツカル。忘レルコト……。コレ、キミタチ子供ニハ、分カラナイコトダ。部屋ヲ暖メルカラ、キミタチ、薪《マキ》ヲ取ッテ来ル」

　ぼくらは薪を運び込み、金属製の小型ストーブに火をおこす。従卒は木箱とダンボール箱を開け、テーブルの上にワインやブランデーやビールのびんを並べ、ソーセージ、肉や野菜の缶詰、米、ビスケット、チョコレート、砂糖、コーヒーといった食料品を山のように積み上げる。

　従卒はさっそくビールを一本開け、飲み出し、言う。

「ワタシ、コノ缶詰、飯盒ニ入レテ、アルコール焜炉《こんろ》デ温メル。今晩、仲間集マッテ、食ベル、飲ム、歌ウ。我々、奇蹟ノ新兵器(註8)デ、モウジキ戦争勝ツ」

　ぼくらが訊ねる。

「それなら、戦争は近いうちに終わるの?」

　彼が言う。

「ソウダヨ、モウスグ終ワル。何故、キミタチ、テーブルノ上ノ食品、ソンナフウニ見ルカ?　キミタチ、腹減ッテイルナラ、チョコレート、ビスケット、ソーセージ、食ベテイイヨ」

　ぼくらは言う。

「飢え死にする人たちがいるんだよ」

「ダカラ、ドウシタノ？　ソンナコト、考エナイ。大勢ノ人間、飢エヤ、ソノ他ノコトデ死ヌ。我々、考エナイ。我々、食ベル。ソシタラ、死ナナイ」

彼は、さも可笑《おか》しそうに笑う。ぼくらは言う。

「ぼくらね、目が見えず耳も聞こえない女の人を知っているんだけど、その人、この近所に自分の娘と二人で住んでいるんだ。彼女たち、この冬を越せそうにないんだよ」

「ワタシノセイデナイ」

「いや、あなたのせいだよ。あなたと、あなたの国のせいだよ。ぼくらを戦争に巻き込んだのは、あなた方じゃないか（註9）」

「戦争ノ前、彼女タチ、盲人トソノ娘、ドウシテ食ベテイタカ？」

「戦前は、施《ほどこ》しを受けて生きていたのさ。一般の人たちから古着や古靴を分けてもらっていたんだ。食べ物もね。ところが今じゃ、彼女たちに何かくれる人なんて一人もいない。誰もがすでに貧乏か、さもなきゃ貧乏になるのを恐れているんだもの。戦争が、人びとを吝嗇《けち》に、利己的にしたんだ」

従卒は怒鳴り出す。

「ワタシ、構ヤシナイ、ソンナコト！　モウ、ウンザリ！　キミタチ、黙レ」

「そうさ、あなたは、そんなことには構わない。そのくせあなたは、平気でぼくらの食べ物を食べるんだ……」

「キミタチノ食べ物デナイ。ワタシ、コノ食料品、兵舎ノ倉庫カラ出シタ」

「このテーブルの上にあるものはすべて、ぼくらの国の産物だよ。飲み物、缶詰、ビスケット、砂糖。あなた方の軍隊を養っているのは、ぼくらの国さ」

従卒が顔を真っ赤にする。ベッドに腰掛け、頭を両手で抱《かか》え込む。

「キミタチ、ワタシ戦争シタクテ、コンナ厭味《イヤミ》ナ、キミタチノ国クンダリマデ来タト、思ッテイル。ワタシ、故郷デノンビリ、椅子ヤ机作ル、ズット好キダ。地酒飲ンデ、ウチノ国ノ愛想ノイイ娘ッ子ト遊ブ……。コノ国デハ、ミンナ意地悪ダ。キミタチ子供マデ。キミタチ、ワタシバカリ悪イト言ウ。ワタシ、何デキルカ？　モシ、ワタシ、戦争イヤダ、キミタチノ国ニ来ルノイヤダト言ウ、ワタシ、銃殺サレル。キミタチ、コレ全部取レ。サア、テーブルノ上ノモノ全部取レ。パーティ、終ワリダ。ワタシ、悲シイ。キミタチ、意地悪スギル」

ぼくらは言う。

「ぼくら、全部取り上げるつもりはないよ。缶詰を何個かと、チョコレートを少しでいいんだ。ただ、せめて冬の間だけでも、ときどきあなたに、粉ミルクとか、小麦粉とか、その他何でもいいから食糧を調達してもらえないかと思うんだ」

彼は言う。

「ヨシ、ワタシ、ソレナラ出来ル。明日、キミタチ、ワタシ、イッショニ盲人ノ家へ行ク。ソノ代ワリ、コレカラ、キミタチ、ワタシヲ責メナイ。イイカイ、分カッタ？」

ぼくらは言う。

「いいよ、分かった」

従卒は嬉しそうに笑った。やがて彼の仲間がやって来て、ぼくらは席を外した。それから一晩じゅう、彼らの歌声が聞こえていた。

司祭館の女中

冬も終わりに近いある朝、ぼくらは、おばあちゃんとともに、台所に腰掛けていた。入口のドアをノックする音がし、若い女が入って来た。彼女が言う。

「こんにちは。ジャガイモを買いに来たんだけど……」

女は言葉を途切らせ、眼差しをぼくらに向ける。

「まあ、可愛い子たちね！」

彼女は腰掛けを勝手に引き寄せ、腰を下ろす。

「こっちへいらっしゃい、あなた」

ぼくらは、じっとしている。

「……でなきゃ、あなた」

ぼくらは動かない。彼女が笑う。

「ねえ、いらっしゃい、もっと近くにいらっしゃいよ。あたしが怖いの？」

ぼくらが言う。

「ぼくらは、誰にも怯《おび》えたりしないよ」

ぼくらが彼女のほうに歩み寄る。と、彼女が言う。

「まあ！　あなたたち、なんて綺麗な子たちなの！　でも、まあなんて汚い恰好なの！」

おばあちゃんが問いかける。

「あんた、何が欲しいんだい」

「司祭様用のジャガイモよ。どうしてあなたたち、そんなに汚いの？　体を洗ったことがないの？」

おばあちゃんが腹を立てる。

「そんなこと、あんたにゃ関係ないよ。なんで今日は、ばあさんが来ないんだい？」

若い女がまた笑う。

「ばあさんですって？　あの人、あなたよりは若かったと思うわよ。もっとも、昨日《きのう》死んじゃったけれど。あたしの伯母だったの。今度からあたしが、司祭館の家事をするのよ」

おばあちゃんが言う。

「あの人は、わしより五つ年上だったんだよ。そうかい、死んじまったか……どのくらい欲しいのかね、ジャガイモは？」

「十キロか、お宅にあれば、もっと欲しいわ。それから林檎もね。それから……ほかには何があるの？　司祭は針金みたいに痩せちゃって、食料戸棚はもう空っぽなの」

　おばあちゃんが言う。

「そういうことは、秋のうちに考えておかにゃいかんのじゃ」

「この前の秋なんて、あたしはまだ司祭館にいなかったわ。昨夜初めて勤め出したのよ」

　おばあちゃんが言う。

「断っておくけどね、この季節、食べられるものは何でも値が張るよ」

　若い女はまた笑う。

「言い値で構わないわ。この際、仕方ないもの。ふつうのお店じゃ、もうほとんど何も見つからないし」

「もうじき、どこを探しても何もないってことになるのさ」

　おばあちゃんはせせら笑い、台所から出ていく。ぼくらは残されて、司祭館の女中と顔を突き合わせることになる。彼女がぼくらに訊ねる。

「どうして体を洗ったことがないの?」

「風呂場がないし、石鹸もない。体を洗いたくても、どうしようもないんだ」

「それにまあ、あなたたちの服! おぞましいわねえ! ほかには着る物がないの?」

「長椅子の下の旅行カバンの中にあるよ。だけど、もう全部破れているし、汚れもひどい。おばあちゃんは一度も洗ってくれないから」

「……ということは、〈魔女〉があなたたちのおばあちゃんなの? へえー、奇蹟ってほんとうに起こるのね!」

おばあちゃんが袋を二つ引きずって戻ってくる。

「これで、銀貨十枚か、金貨一枚じゃ。お札は受け取らないよ。今に値打ちがなくなるからね。あんなものは紙切れさ」

女中が言う。

「袋の中身は何なの?」

おばあちゃんが答える。

「食糧さ。袋ごとまとめて買うか、何も買わないか、どっちかにしておくれ」

「買うわよ。お金は、明日持って来るわ。このおちびさんたち、袋を運ぶの、手伝ってくれるかしら？」

「その気になりゃ、手伝うだろうよ。だけど、この二人、いつもやる気になるとは限らないよ。それに、誰にも従わないのさ」

　女中がぼくらに頼む。

「手伝ってくれるわよね、そうでしょ？　あなたたち、袋を一つずつ持ってちょうだい。あたしは、あなたたちの旅行カバンを持つから」

　おばあちゃんが問う。

「旅行カバンを持つだなんて、そりゃどういうことだい？」

「あたし、この子たちの汚れた服を洗ってあげるの。きれいになったら、明日、お金といっしょに持って来るわ」

　おばあちゃんはせせら笑う。

「この子たちの服を洗う？　ふん、物好きなことじゃが、まあ勝手にするがいいわ……」

　ぼくらは、女中といっしょに出発した。司祭館まで、彼女のあとに随《つ》いて歩く。ぼくらの目の前で、二本のお下げに編んだ彼女の金髪が、黒いショールの上に踊る。濃くて、長い髪だ。ウェストの辺りまで垂れ下がっている。赤いスカートの下では、彼女のヒップが踊っている。そのスカートとブーツの間から、彼女の足の一部が覗いている。靴下は黒で、その右足のほう、編み目が一列、伝線している……。

入浴

女中とともに司祭館に到着する。彼女はぼくらを、館の裏の通用口から中に入れる。ぼくらは、抱《かか》えてきた袋を食料戸棚に納め、洗濯場へ行く。洗濯場には、洗濯物を干すための紐が所構わず張りめぐらされている。実にさまざまの容器があり、その一つが、深々とした肘かけ椅子のような奇妙な形の、亜鉛の浴槽だ。

女中はぼくらの旅行カバンを開け、その中の衣類を水に浸し、それから火をおこして、二つの巨大な鍋に湯を沸かす。

「お風呂上がりに着る分を、今すぐ洗ってあげましょう。あなたたちがお風呂に入っている間に乾くと思うわ。他の服は、明日か明後日、届けてあげる。繕《つくろ》いもしなくちゃならないから」

彼女が熱湯を浴槽に注ぎ込み、そこに水を加える。

「ほら、用意できたわよ。誰から入るの」

ぼくらはじっとしている。彼女が言う。

「あなた、それとも、あなた？　さあ、お脱ぎなさいよ」

ぼくらが問う。

「ぼくらが入浴している間、ここにいるつもりなの？」

女中は高い声で笑い出す。

「ええ、何ですって？　あたしがここにいるのか、ですって？　ここにいることはもちろん、背中を流したり、髪を洗ったりもしてあげるつもりよ。さあさあ、あたしの前だからって、ちっとも恥ずかしがることないじゃないの！　あたしなら、あなたたちの母親だって言ってもそれほど変じゃないくらい、年が離れているのよ」

ぼくらは依然として動かない。すると、彼女が服を脱ぎはじめる。

「仕方ないわねえ。それじゃ、あたしが先に入るわ。ごらんなさい、あたし、あなたたちの前で恥ずかしがったりしないわよ。あなたたちは、まだちっちゃい坊やなんだもの」

女中は鼻歌を歌う。しかし、ぼくらに見られていることに気づいた彼女の顔は、赤らむ。彼女の乳房はぴんと張り、膨らませる途中の風船のような形に尖《とが》っている。肌はとても白く、体のあらゆる部分に金色の毛が無数に生えている。股と腋の下だけでなく、おなかにも、両腿にもだ。彼女は浴用ミトンで体を擦《こす》りながら、お湯の中で鼻歌を歌い続けている。そして、お風呂から上がると、すばやくバスローブに腕を通す。

浴槽のお湯を替え、ぼくらに背を向けて洗濯を始める。そこで、ぼくらは服を脱ぎ、二人揃って風呂に入る。浴槽は、ぼくら二人がゆったりお湯に浸《つ》かれるほど広いのだ。

しばらくすると、女中がぼくらに、白いバスタオルを二枚差し出す。

「体じゅう、しっかり擦って、垢を落としてくれたことでしょうね？」

バスタオルにくるまれて、ぼくらは長椅子に腰掛け、服の乾くのを待っている。この洗濯場には湯気が立ちこめ、たいそう暖かい。女中が鋏を手にして接近してくる。

「爪を切ってあげるわ。もう勿体ぶるのはよしなさいよ。あたし、あなたたちを取って食べやしないわよ」

彼女は、ぼくらの両手、両足の爪を切る。ぼくらの髪を切り揃える。ぼくらの顔に、首もとに接吻する。そして、間断《かんだん》なく喋り続ける。

「ああ！　形のいいちっちゃなあんよだこと、なんて可愛い、なんて清潔な！　おお！　この愛らしい耳、この柔らかい、こんなに柔らかい首！　ああ！　あたしに、こんなに姿のいい、こんなに綺麗な二人のちっちゃな男の子がいたら、あたしだけのものだったらねえ！　そしたらもう、体じゅう、隅から隅までくすぐっちゃうんだから」

彼女はぼくらの体じゅうを愛撫し、所構わず接吻する。ぼくらの首もとを、腋の下を、お尻の狭間を、舌でくすぐる。彼女は長椅子の前でひざまずき、ぼくらの性器をしゃぶる。と、性器は、彼女の口の中で大きく、硬くなる。

彼女は、今度はぼくら二人の間に坐っている。両腕でぼくらを抱き寄せ、自分の体にぴったりくっつける。

「もしあたしに、二人のこんな立派な赤ちゃんがいたら、その二人に、とっても甘い、美味《おい》しいおっぱいをあげるわ。ここ、そこ、そこよ、ほら、こんなふうにして」

彼女が、バスローブからはみ出した二つの乳房に、ぼくら二人の顔を引き寄せる。

と、ぼくらは、硬く張ったピンクの乳首を吸う。女中は手をバスローブの下に滑らせ、自分の股間をさする。

「ああ残念だこと、あなたたちがもう少し大きければねえ！　おお！　いいわ、素敵だわ。あなたたちと遊ぶのって、なんて素敵なんでしょう！」

彼女は溜め息をつく。喘《あえ》ぐ。そして、硬直する。

ぼくらが帰路につくとき、彼女がぼくらに言う。

「土曜日ごとに、お風呂に入りにいらっしゃい。汚れた下着を持って来るのよ。あたし、あなたたちにはいつも清潔でいてほしいの」

　ぼくらは言う。

「あなたのしてくれる仕事と引きかえに、ぼくら、薪《まき》を運んでくるよ。それに、季節になったら魚や茸もね」

司祭

その次の土曜日、ぼくらは、ふたたびお風呂に入りに行った。入浴後、女中がぼくらに言う。

「台所にいらっしゃい。お茶をいれるわ。タルティーヌ（平たく切った、パン切れのこと）を食べましょう」

ぼくらがタルティーヌを食べている途中、司祭が台所に入ってくる。

ぼくらが挨拶する。

「こんにちは、司祭さん」

女中が言う。

「神父様、この二人が、あたしの世話している子供たちです。町で〈魔女〉って呼ばれているおばあさんの孫なんです」

司祭は言う。

「私はその子たちとは知り合いだよ。おまえたち、随《つ》いて来なさい」

　ぼくらは彼のあとに従う。椅子に囲まれた大きな丸テーブルと壁に掛けられた十字架以外には何もない、がらんとした部屋を横切る。それから、四方の壁に天井に達するまで書物の詰まった、うす暗い一室に入る。ドアの真向かいに十字架像付きの祈禱台が据えられている。窓寄りには書斎机、別の一隅には幅の狭い寝台が置かれ、三脚の椅子が壁を背にして並んでいる。この部屋の調度といえば、それで全部だ。

　司祭が言う。

「おまえたち、ずいぶん変わったね。清潔になった。まるで二人の天使みたいだ。お掛けなさい」

　彼が書斎机の正面に移動した二脚の椅子に、ぼくらが腰掛ける。彼は、その机の向こう側に座を占める。彼がぼくらに一枚の封筒を差し出す。

「例のお金だ」

　それは受け取っておいて、ぼくらが言う。

「もうじき施《ほどこ》しをしなくてもよくなりますよ。夏になれば、〈兎っ子〉が一人で切り抜けますから」

　司祭は言う。

「いや、その二人の女性の援助はこれからも続けるつもりだ。もっと早く始めなかったことを、われながら恥じておるくらいなのだよ。さて、それはそうとして、今日は少し違ったことを話し合ってみないかね」

彼は、ぼくらに改まった視線を注ぐ。ぼくらは黙っている。彼が言う。

「教会では一度も会わないね」

「ぼくたち、教会には行きませんから」

「ときどきは、お祈りをするかい？」

「いいえ、お祈りはしません」

「哀れな羊たちだ。それなら、おまえたちの代わりに私が祈ろう。文字は読めるのかね、少なくとも？」

「はい、司祭さん。字は読めます」

司祭は一冊の本をぼくらに差し出す。

「ほら、これを読みなさい。この本はね、イエス様のこととか、諸聖人の生涯のこととか、いくつものためになるお話から成り立っているんだよ」

「イエス・キリストや聖人たちの話なら、知っています。ぼくたち、聖書を一冊持っていますから。旧約聖書と新約聖書を読みました」

司祭は黒々とした眉を上げる。

「何だって？　おまえたち、聖書を初めから終わりまで読んだと言うのかい？」

「そうですよ、司祭さん。諳《そら》んじているくだりもいくつかあるくらいです」

「どのくだりだね、たとえば？」

「創世記や、出エジプト記や、伝道の書や、ヨハネ黙示録や、その他ですよ」

司祭はいっとき黙る。そして、言う。

「それなら、〈十戒〉を知っているわけだね。戒めを守っているかね？」

「いいえ、司祭さん。ぼくたちは戒めを守りはしません。第一、戒めを守っている人なんて、いやしませんよ。『汝、殺す勿れ』って書かれていますが、その実、誰もが殺すんです」

司祭が嘆息する。

「やれやれ……戦争だからなあ」

ぼくらは書架に目をやって、言う。

「ぼくたち、聖書以外の本を読みたいんですが、そういう本を持っていません。司祭さん、あなたは持っていらっしゃる。貸していただけますよね」

「ここにある本は、おまえたちには難しすぎるよ」

「聖書よりも難しいのですか?」

司祭はぼくらをまじまじと見る。彼が問う。

「どんな種類の本を読みたいのかね?」

「歴史の本と地理の本です。作り話ではなく、事実を書いた本が読みたいんです」

司祭は言う。

「次の土曜日までに、おまえたちに向いていそうな本を見つけておくよ。それじゃ、もういいから、私を独《ひと》りにしてくれたまえ。台所に戻って、さっきのタルティーヌの残りを食べなさい」

女中と従卒

司祭館の女中とぼくらが庭でさくらんぼを摘んでるところへ、従卒と外国人将校がジープで到着した。将校は庭をまっすぐ突っ切って、彼の部屋に消える。従卒は、ぼくらの近くに立ち止まる。彼が言う。

「コンニチハ、ワタシノ小サイ友達。コンニチハ、可愛イオ嬢サン。サクランボ、モウ熟レテイル？　ワタシ、サクランボ、大好キ。ワタシ、可愛イオ嬢サン、大好キ」

窓ごしに彼を呼ぶ将校の声がする。従卒は仕方なしに家に入る。女中がぼくらに言う。

「あなたたちの家に男の人がいるんじゃないの。どうしてあたしに言ってくれなかったの？」

「外国人だよ」

「それがどうしたの？　美男子だこと、あの将校！」

ぼくらは問う。

「従卒は気に入らないの？」

「チビで、ふとっちょだわ」

「でも、親切で面白いよ。しかもね、ぼくらの言語《ことば》を上手に話す」

彼女は言う。

「ふん、そんなこと、てんで問題じゃないわよ。あたしが素敵だと思うのは将校のほうよ」

その将校が出てきて、彼の部屋の窓の前のベンチに腰掛ける。女中の持っているカゴは、すでにさくらんぼで一杯になっている。だから彼女はもう司祭館に帰ってもいいはずなのだが、まだ庭にぐずぐずしている。彼女は、将校のほうに視線を送る。派手に笑う。木立の枝にぶら下がって、体を揺する。飛び降りる。草むらに転がり、寝ころぶ。そして終《しま》いには、一輪の雛菊を将校の足元に投げる。将校は立ち上がり、部屋に戻る。それからまもなく、彼は部屋をあとにし、ジープでどこかへ行ってしまう。

従卒が窓から身を乗り出し、大声で言う。

「埃《ホコリ》ダラケノ部屋、掃除シナケレバナラナイ、可哀相ナ男、誰、手伝ッテクレルカ？」

ぼくらが言う。

「ぼくら、喜んで手伝ってあげるよ」

彼はさらに言う。

「手伝ッテクレル女性、必要。可愛イオ嬢サン、必要」

ぼくらが女中を誘う。

「おいでよ、ちょっと手伝ってやろうよ」

ぼくらは三人とも、将校の部屋に入る。女中が箒を持ち、掃きはじめる。従卒はベッドに腰掛ける。彼が言う。

「ワタシ、夢見テイル。一人ノ王女様、ワタシ、夢ノ中デ見テイル。夢カラ醒メルニハ、ワタシ、王女様ニツネラレナケレバナラナイ」

女中が吹き出し、従卒の頬をぎゅっとつねる。

従卒が飛び上がって、大声を出す。

「ワタシ、今、夢カラ醒メタ。ワタシモ、意地悪ナ王女様、ツネリタイ」

彼は女中を腕の中に捕らえ、お尻をつねる。女中はもがくが、従卒が彼女を強く抱き締めていて放さない。彼がぼくらに命じる。

「キミタチ、外ニ出ル！　出テ、ドア閉メル」

ぼくらは、女中に訊ねる。

「ぼくら、ここにいたほうがいいかな？」

彼女は笑う。

「ここにいて、どうするの？　あたしなら、独《ひと》りで大丈夫よ」

この返事を聞いて、ぼくらは退出し、部屋のドアを閉める。女中が窓際に来る。ぼくらにニッコリして見せる。鎧戸を引き、窓を閉じる。そこでぼくらは屋根裏部屋に登る。そして、例の穴から、将校の部屋でおこなわれることの一部始終を観察する。

従卒と女中がベッドに寝ている。女中は真っ裸で、従卒も、体に着けているのはシャツと靴下だけだ。従卒が女中に被さるように寝ていて、二人とも、前後左右に動いている。従卒は、おばあちゃんの飼っている豚そっくりに唸《うな》り、女中は、まるで痛い目に遭っているかのように悲鳴を上げる。けれども彼女は同時に笑ってもいて、そのうえ、こんなふうに叫んでいる。

「そう、そう、そう、おお、おお、おお！」

その日以来、女中は足繁くやって来て、従卒と部屋に閉じこもる。ぼくらは彼らの様子を覗き見たりもするが、しかし毎回ではない。

従卒は、女中に身を屈《かが》めさせるのを、あるいは彼女を四つん這いにして後ろから捕らえるのを、特に好む。

女中は、従卒が仰向けに寝るのを好む。そうすると、彼女は従卒の腹の上に跨《また》がり、あたかも馬に乗っているかのように上下に動くのだ。

従卒はときどき、絹の靴下やオーデコロンを女中に贈っている。

外国人将校

ぼくらは庭で、不動の術の練習をしている。暑い午後だ。クルミの木の蔭に仰向けに寝ている。木の葉ごしに見えるのは、空と雲だけだ。木の葉は微動だにしない。雲もまた停止しているように見える。が、じっと注意深く見ていると、それがゆっくりと形を変え、長く伸びていくことに気づく。

おばあちゃんが家から出てくる。ぼくらの横を通り過ぎるとき、おばあちゃんは地面を一蹴りし、ぼくらの顔や体の上に砂と砂利をはね上げる。口の中で何事かぶつくさ言い、葡萄畑で昼寝をするために去って行く。

将校が上半身裸で目を閉じ、頭を白い壁に凭《もた》せかけ、全身に陽光を浴びて、彼の部屋の前のベンチに腰掛けている。突然、彼がぼくらのほうに歩み寄り、話しかけてくる。しかし、ぼくらは返事もしなければ、彼のほうに向き直りもしない。将校は黙ってベンチに引き返す。

しばらくして、従卒がぼくらに言いにくる。

「将校殿、キミタチ来テ話ス、オ望ミダ」

ぼくらは返事しない。従卒が重ねて言う。

「キミタチ、起キテ、行ケ。従ワナイト、将校殿怒ル」

ぼくらは動かない。

将校が何事か言い、従卒は部屋に戻る。掃除洗濯をしながら歌う彼の声が聞こえる。

太陽が傾いて、屋根の煙突の横あたりに達すると、ぼくらはようやく起き上がった。

そして、相変わらずベンチに掛けている将校のほうに歩み寄り、彼の前で立ち止まった。彼が従卒を呼びつける。ぼくらが従卒に訊く。

「この人、ぼくらに何の用なの？」

将校が何か質問し、従卒が通訳する。

「将校殿、何故、キミタチ、動キヲ止メテイルカ、口ヲ利カナイカ、訊ネテイル」

ぼくらが答える。

「不動の術の練習をしていたんです」

従卒が、また通訳する。

「将校殿、キミタチ、タクサン練習スルト、言ッテイル。他ノ種類ノ練習モスルト。

将校殿、キミタチガ、ベルトデ叩キ合ッテイルトコロ、見タ」

「そのときは、体の鍛練をしていたんです」

「将校殿、何故、キミタチ、ソンナ鍛練スルカ、訊ネテイル」

「苦痛に慣れるのが目的です」

「将校殿、キミタチ、痛イト気持チイイノカ、訊ネテイル」

「いいえ。ぼくたちは、痛み、暑さ、寒さ、ひもじさ、というようなあらゆる苦痛に打ち克ちたいだけです」

「将校殿、キミタチニ感心。キミタチノコト、並外レテイルト思ウ」

将校が、二言、三言、付け加える。従卒がぼくらに言う。

「ヨシ、終ワリ。ワタシ、モウ行カナケレバナラナイ。命令ダカラ……。キミタチモ、大急ギ、何処《ドコ》カヘ行ク、魚釣リニ行ク」

しかし将校が、微笑みながらぼくらの腕を取って引き止め、従卒には、何をぐずぐずしているか、早く消え失せろ、とばかりに身ぶりで指示する。従卒は、背を向けて数歩進んでから、ぱっと振り向く。

「キミタチ、何処カへ行ク！　早ク！　町へ遊ビニ行ク！」

将校が彼を睨《にら》みつける。すると従卒は、さらに庭木戸の所まで遠ざかり、そこからまた、ぼくらに向かって叫ぶ。

「ズラカルンダ、キミタチ！　ソコニイチャ駄目！　馬鹿ダナア、分カラナイノ？」

従卒はとうとう行ってしまった。将校は、ぼくらに微笑みかけ、ぼくらを部屋の中に導く。椅子に腰掛けて、ぼくらを引き寄せ、抱き上げ、膝の上に坐らせる。ぼくらは彼の首に腕を回し、胸毛だらけの彼の胸に体をぴったりと寄せる。彼がぼくらを静かに揺する。

ぼくらの体の下、将校の両足の間に、ぼくらは熱い動きを感じる。ぼくらは互いに眼を見合わせ、それから、将校の眼をまっすぐに覗き込む。彼は、そっとぼくらを遠ざける。ぼくらの頭に手をやって、髪をくしゃくしゃに掻き乱す。立ち上がる。二本の鞭《むち》をぼくらに差し出し、自分はベッドに俯《うつぶ》せに寝る。そして将校は、たった一語を発する。と、ぼくらは、彼の話す外国語をまったく知らないのに、その語の意味を理解した。

ぼくらは打つ。一人が一打し、またもう一人が一打する。

将校の背中に線が入って、赤い縞模様ができる。ぼくらは次第次第に強打する。将校は呻《うめ》き、同じ姿勢のままで、自分のズボンとパンツを踝まで下げる。ぼくらは力のかぎり、目の前に現れた白い尻や、腿、足、背中、肩を打つ。彼の体のあらゆる部分が、みるみる赤一色に変わっていく。将校の体と髪と服、敷布、絨毯、ぼくらの手、ぼくらの腕、何もかもが、今や真っ赤に染まっている。鮮血が、ぼくらの眼の中にまではねかかり、吹き出る汗と混じり合う。それでもぼくらは怯《ひる》まない。男が人間のものとも思われない最後の悲鳴を上げるまで、ぼくら自身がくたくたになってベッドの傍らに倒れるまで、鞭を打ち続ける。

外国語

将校が、彼の国の言語《ことば》を学ぶのに役立つ一冊の辞書を貸してくれた。ぼくらは単語を次々に覚えた。発音は、従卒に直してもらった。そうして数週間後には、耳新しいその外国語を流暢《りゅうちょう》に話せるようになった。従卒は、もう通訳させられなくて済む。将校は、ぼくらに非常に満足している。彼はハーモニカを一つ、プレゼントしてくれた。また、ぼくらが彼の部屋に自由に出入りできるよう、合鍵もくれた（ぼくらは前から手製の鍵でその部屋に出入りしていたけれど、それは内緒だった）。今では、ぼくらは堂々と、彼の部屋で何でも好きなことができる。ビスケットやチョコレートを食べてもよし、煙草を吸ってもよし、というわけだ。

実際ぼくらは、しばしば将校の部屋でくつろぐ。そこではすべてが清潔で、台所にいるより落ち着けるからだ。課題作文を書くときも、たいていその部屋を使うことにしている。

将校は、蓄音機とレコードを部屋に置いている。ベッドに寝ころんで音楽を聴くのが、ぼくらの楽しみだ。将校を喜ばせようと、蓄音機に彼の国の国歌をかけたことがある。当ては見事に外れた。将校は怒ったのだ。拳骨でそのレコードを打ち砕いてしまうほどだった。

ときには、大そうゆったりしているそのベッドで、ぼくらは眠りこけてしまう。ある朝、従卒が、ぼくらがまだベッドにいるところを見つけた。途端に、彼はいら立ちをあらわにする。

「軽率ダ！　キミタチ、コンナ愚行、モウシナイコト。ドンナコトニナルカ、モシ夜中、将校帰ッテ来タラ……」

「どんなことになるって言うの？　こんなに広いベッドだもの、彼の分のスペースもあるよ」

従卒は言う。

「キミタチ、愚カスギル。ソンナニ愚カダト、イツカ、酷《ヒド》イ目ニ遭ウ。イイカイ、モシ将校、キミタチヲ苛《イジ》メル、ワタシ、彼ヲヤッツケル」

「将校さんは、ぼくらを痛い目に遭わせたりしないよ。ぼくらのことなら大丈夫、心配しないで」

ある夜半、将校が帰宅すると、彼のベッドにはぼくらが眠り込んでいた。石油ランプの光に目醒めたぼくらが、問う。

「ぼくら、台所に移ったほうがいいですか？」

将校はぼくらの頭を撫でて、言う。

「ここにいたまえ、いいからとにかく、ここにいたまえ」

彼は服を脱ぎ、ぼくら二人の間に寝る。ぼくらを腕の中に包み込み、耳元に囁《ささや》く。

「眠りなさい。私はきみたちを愛しているよ。安心して眠りなさい」

ぼくらはふたたび眠りに落ちる。時間が経ち、朝方になって、ぼくらは起床しようとするが、将校に引き止められる。

「まだ起きないで。もっと眠りなさい」

「でもぼくら、オシッコしたいんです。外に出なくっちゃ」

「外になんか出なくていい。ここでしなさい」

ぼくらは問う。

「ここのどこで？」

彼が言う。

「私の上でだ。そうとも、跨《また》がってだ。遠慮するな。オシッコ、ひっかけろ、私の顔に！」

ぼくらは彼の望みどおりにした。それから庭に出た。なにしろ、ベッドはもうびしょ濡れだったのだ。外では、早くも陽が昇りつつあった。ぼくらはさっそく、朝の労働に取りかかった。

将校の友人

　将校はときどき、一人の友人、彼より若いもう一人の将校を連れて帰宅する。彼らは夕べを共に過ごし、友人はそのまま残って一晩泊まる。ぼくらは、将校の部屋の天井、つまり屋根裏部屋の床に空けた穴から、彼らの様子をたびたび観察した。

　夏のある夕べ、従卒がアルコール焜炉《こんろ》で食事の用意をととのえる。彼が食卓にテーブルクロスを広げ、その上に、ぼくらが花を置く。将校とその友人が席に着き、酒を飲む。しばらくのち、食事が始まる。従卒はドア寄りの片隅に腰掛けて食べる。食事が済むと、彼らはまた酒を飲む。この間ずっと、ぼくらは音楽係を務める。レコードを取り替える。蓄音機を巻き直す……。

　将校の友人が言う。

「このガキども、目障《めざわ》りだ。外に出しちまえよ」

　将校が訊ねる。

「妬《や》いているのか」

友人が答える。

「こいつらに？　冗談じゃないぜ！　どうしておれが、こんな野育ちの小僧どもを相手に」

「この子たちは美少年だよ、そう思わないのかい？」

「そうかもしれんな。いちいち見ちゃいないから、何とも言えんが」

「ほう、そうかい、見もしなかったのかい……。それじゃ、今からとっくり見てごらんよ」

友人の顔が赤らむ。

「貴様、いったい何が言いたいんだ？　おれはな、こいつらの陰険そうな様子が気障《きざわ》りなんだ。まるでおれたちの話に聞き耳を立てているみたい、こっちを窺っているみたいだぜ」

「いや、そりゃもちろん、おれたちの話を聞いているのさ。この子たちは、われわれの言語《ことば》を完璧に使いこなすよ。だから、今ここでおれたちが話していることなんか全部聞き取れるわけだ」

友人は蒼ざめる。立ち上がる。

「もう我慢ならん！　帰る！」

将校が言う。

「よせ、馬鹿げてるよ。子供たち、席を外しなさい」

ぼくらは部屋から出る。屋根裏部屋に登る。目を凝らし、耳を澄ます。

将校の友人が言っている。

「あの間の抜けたガキどもの前で、よくもおれに恥をかかせてくれたな」

将校が言う。

「間抜けだって？　あの二人ほど賢い子供、断言してもいい、おれは未だかつてほかに見たことがないよ」

友人が言う。

「貴様、またそういうことを言って、おれを傷つけてやろう、痛めつけてやろうっていう魂胆《こんたん》だな。貴様ってやつは、何としてでもおれを悩ませ、苦しませ、卑しめたいんだ。いつか、貴様を殺してやる！」

将校が、自分の拳銃をテーブルの上に投げ出す。

「望むところだ！　そいつを取れ！　おれを撃ち殺してくれ！　さあ！」

友人が拳銃を引っ摑《つか》み、将校に狙いを定める。

「やってやる。見ていろ、やってやるぞ。今度貴様があいつのこと、もう一人のやつのことを口にしたら、おれは貴様を殺す」

将校が目を閉じ、笑みを浮かべる。

「彼は美しく……若く……強かった……。高雅で……繊細で……教養があって……優しく……夢見がちで……しかも勇気に満ち……傲岸なまでに誇り高く……ああ、私は彼を熱愛していた。その彼が、東方戦線に斃《たお》れた。享年十九歳……。彼亡き今、私はもはや生きていけない」

友人は拳銃をテーブルの上に投げ出し、呻《うめ》く。

「畜生！」

将校が目をかっと開け、友人を見据える。

「何たる勇気の欠如！　何たる気骨の欠如！」

友人が言う。

「自分でやりゃいいだろう、貴様にそんなに勇気があって、そんなにも悲しみに沈んでいるんなら。やつなしで生きられないなら、死んでやつのあとを追うがいい。貴様、それでもまだおれの手助けが欲しいのか？　おれにだって分別はあるんだ！　くたばれ！　独《ひと》りでくたばっちまえ！」

　将校は拳銃を手に取り、自らのこめかみに銃口を当てる。ぼくらは、急いで屋根裏部屋から降りる。と、部屋のドアが開けっ放しで、従卒がその前にあぐらをかいている。ぼくらは彼に問う。

「ねえ、将校さん自殺するのかな？」

　従卒は笑い出す。

「キミタチ、怖ガルコトナイ。アノ二人、飲ミ過ギルト、必ズコウナル。ワタシ、二挺ノ拳銃、弾ヲ抜イテオイタ」

　ぼくらは部屋に入る。将校に言う。

「本気ですか？　だったら、ぼくたちが殺してあげますよ。拳銃をよこしてください」

　将校の友人が罵声を発する。

「汚い悪ガキめ！」

　将校は、ぼくらに微笑んで見せる。

「ありがとう。親切だね。ちょっとゲームをしていただけなんだ。もう寝に行きなさい」

　彼は立ち上がり、ぼくらを部屋の外に送り出し、出入口のドアを閉めようとして、従卒の姿を認める。

「おまえ、まだそこにいたのか？」

　従卒は言う。

「帰ってよし、との許可をまだいただいておりません」

「とっとと帰れ！　おれは放っておいてほしいんだ！　分かったか？」

　ドアが閉められてからもなお、友人に向かって怒鳴る将校の声が、ぼくらの耳に届いた。

「貴様には、なんとよい教訓であることか、性根なしの腰抜け野郎！」

　それからも延々と、乱闘の音、殴打する音、椅子のひっくり返る激しい音、何かが転がり落ちる音、叫び、喘《あえ》ぎが、ぼくらの所まで聞こえてくる。そして不意に、静寂が訪れる。

ぼくらの初舞台

司祭館の女中は、よく歌を歌う。古い民謡や、戦争にまつわる最近の流行歌だ。ぼくらはそれらの歌を聴き覚え、ハーモニカで伴奏をつけて歌ってみた。ぼくらはまた、従卒に頼んで、彼の国の歌をいくつか教わった。

ある夜、おばあちゃんがすでに床についてしまった遅い時刻、ぼくらは町へ出かける。お城に近いある旧い通りに入り、一軒の平屋の前で立ち止まる。雑音と話し声と煙草の煙が、階段に面した扉から漏れてくる。ぼくらは石の階段を降りてその扉を押す。と、そこは地下室を改造した酒場だ。男たちが、立ったまま、あるいは木の長椅子や酒樽に腰掛けて、葡萄酒を飲んでいる。その大半は年寄りだけれど、若者も数人混じっているし、女も三人いるのが目につく。ぼくらに注意を払う者は一人もいない。

ぼくらのうちの一人がハーモニカを吹きはじめ、もう一人が、出征した夫の帰りを今や遅しと待つ妻のもとに夫がまもなく凱旋するという、よく知られている歌を歌い出す。

人びとが、一人、また一人と、ぼくらのほうに振り向く。話し声がやむ。ぼくらはだんだんと声を張り上げて歌い、ハーモニカも次第次第に強く吹く。ぼくらのメロディーが地下室の丸天井に反響して、まるで誰か別人が演奏し、歌っているかのように聞こえる。

歌い終え、ぼくらが視線を上げると、そこには頬のこけた、疲れ切った人びとの顔がある。女の一人が笑顔になって、拍手する。片腕のない若者が嗄《しわが》れた声で言う。

「もっと、何かもっと聴かせてくれ！」

ぼくらは受け持ちを交替する。ハーモニカを持っていた者がそれをもう一人に手渡し、ぼくらは新しい曲を始める。

痩せこけたひとりの男が、よろよろと近づいて来て、ぼくらの横っ面を張らんばかりの怒鳴り声を上げる。

「静かにしろ！　犬っころめ！」

彼が、ぼくらの一人を右へ、もう一人を左へ乱暴に押す。ぼくらは転びそうになり、その拍子に、ハーモニカを地面に取り落とす。その男は壁に凭《もた》れながら、階段を昇っていく。路上に出てからも怒鳴り続ける彼の声が、まだ聞こえている。

「どいつもこいつも、黙れ！」

ぼくらはハーモニカを拾い上げ、汚れを拭き取る。誰かが言う。

「あいつ、耳が聞こえないんだぜ」

別の誰かが言う。

「耳も聞こえないけど、それだけじゃねえ。やつは完全に気が狂っちまっているんだ」

ひとりの老人が、ぼくらの髪を撫でる。黒い隈のできた、落ち窪んだ彼の両眼から、涙がこぼれる。

「なんという不幸！　なんという不幸な世の中！　かわいそうな子供たち！　哀れな人びと！」

ひとりの女が言う。

「耳が聞こえなくなろうと、気が狂おうと、彼は帰って来たわ、彼はね。あんただってそうよ、あんたは帰って来たのよ」

彼女は、片腕のない男の膝の上に腰を乗せる。男が言う。

「そんなふうにやさしく言われりゃ、確かにそうだとは思うよ。ふむ、おれは帰ってきた。だけどおれ、これからどうやって働きゃいいんだい？　鋸《のこぎり》を持つとき、何でもって板を押さえりゃいいんだい？　おれの上着のこの空っぽの袖を使えってのかい？」

　また別の若い男、長椅子に坐っている男が、ふざけ半分に言う。

「おれもなあ、帰っては来たぜ。帰っては来たけど、下のほうが利かなくなっちまった。両脚と、そのほか全部だぜ……。もう永久に起《た》たねえってわけさ。こんなことなら、おれ、さっさと死んじまったほうがよかったぜ。戦地で、ころっと、一発でくたばったほうがな」

　別の女が口を出す。

「あんたたちは、満足ってことを知らないね。病院で死んでいく連中をあたしは見ているけどね、みんな、こぞって言うわよ。『体がどうなっても、とにかくおれは生き延びたい、家に帰りたい、女房に、お袋に会いたい、どんなふうにしてでも、もうちょっと生きていたい』ってね」

　ひとりの男が言う。

「てめえ、黙ってろ！　戦争がどんなものか、女はまるっきり知っちゃいねえんだ」

　女が言い返す。

「あたしたち女が戦争をまるっきり知らないだって？　冗談もたいがいにしてよ！

こっちは山ほどの仕事、山ほどの気苦労を引き受けてんだよ。子供は食べさせなきゃならないし、けが人の手当てもしなきゃならない……。それにひきかえ、あんたたちは得だよ。いったん戦争が終わりゃ、みんな英雄なんだからね。戦死して英雄、生き残って英雄、負傷して英雄。それだから戦争を発明したんでしょうが、あんたたち男は。今度の戦争も、あんたたちの戦争なんだ。あんたたちが望んだんだから、泣きごと言わずに、勝手におやんなさいよ、糞喰らえの英雄め！」

一同が口々に喋り出し、喚《わめ》き出す。ぼくらの隣にいる老人が呟《つぶや》いている。

「この戦争、誰も望みゃしなかったよ、誰も、誰も……」

ぼくらは、地下室を出て階段を昇る。家に帰ることにしたのだ。

月の光が、市街と、おばあちゃんの家へと通じる埃《ほこり》っぽい道を、皓々《こうこう》と照らし出している。

ぼくらの見世物《スペクタクル》の発展

ぼくらは、林檎、クルミ、杏《あんず》といった果物でお手玉することを覚えた。初めは二個でやってみたが、これは易しかった。それから三個、四個と数を増やして、五個使えるようになるまで練習した。

トランプや煙草を使う手品を、いくつか考案した。

軽業《かるわざ》の練習もした。ぼくらは、前と後ろへのトンボ返り、横トンボ返り、そのほかいろんな形の宙返りができる。自由自在に逆立ちして歩くこともできる。

屋根裏部屋のトランクの中から、時代がかった古着が出てきた。見るからに大きすぎるその古着を、ぼくらは意図して着る。裂けたり破れたりしているチェックの上着は体にだぶつき、幅広のズボンは、紐を通して胴に括《くく》りつけないと、たちまちずり落ちてしまうほどだ。このほかにもぼくらは、かっちりした黒の山高帽子を一個見つけて、確保した。

ぼくらのうちの一人が赤ピーマンを鼻に付け、もう一人が、トウモロコシの穂で作った偽《にせ》の鼻髭を付ける。口紅を手に入れ、二人とも口を耳に達するほど大きく描く。こうして道化師に扮装し、市場のある広場へ出かける。商店が密集していて、人がいちばん多く集まるのは、何といってもその広場なのだ。

見世物を始めるにあたって、ぼくらは、ハーモニカと、瓢箪《ひょうたん》をくり抜いて作った太鼓で、賑やかに人寄せをする。見物人が充分集まると、トマトや、それに卵まで使って、曲芸手玉を見せる。トマトは本物のトマトだけれど、卵はあらかじめくり抜き、中に細かい砂を詰めておくのだ。人びとはそれを知らないから、はらはらして大声を上げる。どっと笑う。ぼくらがぎりぎりの所で辛うじて卵を摑《つか》むふりをすると、拍手喝采《かっさい》する。

次に手品を披露して見世物を盛り上げ、最後に軽業で締めくくる。

ぼくらのうちのどちらかが横トンボ返りや宙返りを打ち続けている間に、もう一人が逆立ちし、古帽子を口に銜《くわ》えて見物人の間を一周する。

夜は、扮装なしで、居酒屋を巡る。

居酒屋巡りを繰り返すうちに、ぼくらは、町の数ある居酒屋を、葡萄園の持ち主が自家製ワインを飲ませる地下キャバレーを、立ち飲みバーを、身なりのよい連中や、街の女目当てに繰り出した将校たちの集うカフェを、すべて熟知するようになった。お酒を飲んでいる人びとは、気前よくお金をくれる。彼らはまた、気さくに打ち明け話をする。ぼくらは、あらゆる種類の人びとに関する、あらゆる種類の秘密を知る。たびたび酒を奢《おご》られるので、少しずつ、ぼくらはアルコールに慣れる。また、煙草を勧められることもあり、これも吸うようになる。

どこへ行っても、ぼくらは大成功を収める。いい声の持ち主だと認められ、やんやの喝采を浴び、アンコールを望む声に何回もステージへと呼び戻される。

芝　居

観客が気を散らさずにいてくれる折り、つまり彼らが泥酔してもいず、騒がしすぎもしない折りを見計らって、ときどきぼくらは、自作の小戯曲、たとえば『貧乏人と金持ちの物語』を披露する。

ぼくらのうちの一人が貧乏人を、もう一人が金持ちを演じる。

金持ちがテーブルに向かって腰掛け、煙草を吸っている。貧乏人登場。

「旦那さん、薪《まき》割りを済ませました」

「よろしい。そうして汗を流して働くことこそ健康の秘訣だ。道理できみ、実にいい顔色をしているよ。頬が真っ赤だ」

「でも私、手が凍《こご》えているんですよ、旦那さん」

「こっちへ来て、手を見せたまえ！　こりゃ酷《ひど》い、見るも気持ちが悪いわい！　きみの手は、ひび割れと、汚らしい出来物《できもの》だらけだぞ」

「これは凍傷なんです、旦那さん」

「きみたち貧乏人というのは、四六時中おぞましい病気に罹《かか》っておるね。とにかく、きみたちは不潔だ。だから疎《うと》ましいんだよ、きみたちのような者と付き合うのは――。そら、取りたまえ、駄賃だ」

金持ちが投げてよこす一箱の煙草を受け取ると、貧乏人は一本取り出して火をつけ、吸いはじめる。しかし、彼のいる辺り、部屋の入口近くには灰皿がなく、かといって彼には、思い切ってテーブルに近づく度胸もない。貧乏人は結局、吸っている煙草の灰を自分の掌《てのひら》に払い落とす。金持ちは、貧乏人がさっさと退出することを期待しているので、彼が灰皿を必要としていることには気づかぬふりをしている。ところが、ひもじくてならない貧乏人は、そのまますぐに金持ちの家から出て行きたくはないのだ。彼は言う。

「お宅には、いい匂いが漂っていますね、旦那さん」

「清潔感が漂っておるんだよ」

「温かいスープの匂いもしていますね。私、今日はまだ何も食べていないんです」

「きみ、しっかり食べておかなくちゃいかんよ。わしはな、これからレストランで夕食じゃよ。うちのコックに休暇をやったのでね」

貧乏人は、鼻を鳴らして匂いを嗅《か》ぐ。

「でも、旦那さんのお宅には、体の暖まりそうな、美味《おい》しいスープの匂いがしていますが」

金持ちが怒鳴る。

「わしの家でスープの匂いがするはずはない。うちでは、誰もスープなど作っておらんのだから。匂いは隣近所から来るのにちがいない。あるいは、スープはきみの空想の中で匂っているんだ！　まったく、きみたち貧乏人というのは、自分の胃袋のことしか頭にないね。それだから、きみたちには金のあるためしがないんだ。稼いだ金を全部残らず、スープとソーセージに使ってしまうんだからな。きみたちは豚だよ、豚、そうだ、きみたちはまさにあの豚なんだよ。おまけに、今度はきみ、うちの床板を煙草の灰で汚しているじゃないか！　ここから出て行きたまえ、そしてもう二度と現れるな！」

金持ちがドアを開け、貧乏人を蹴り飛ばすと、貧乏人は歩道に伸びてしまう。

金持ちはドアを閉め、スープ皿の前に腰掛け、両手を合わせて言う。

「ああ、わが主なるイエス様、すべてのお恵みに感謝いたします」

警報

おばあちゃんの家にぼくらが初めて来た頃、〈小さな町〉では、空襲警報の出ることは稀だった。ところが最近では、その頻度が増す一方だ。〈大きな町〉でと同じように、サイレンが、夜昼を問わずいつでも鳴り出す。すると人びとはいっせいに防空壕に駈け込み、地下室に避難する。その間、街から人影が失せる。しかも往々にして、人家や商店の入口が開け放たれたままとなる。ぼくらは、これ幸いと侵入し、気に入るものがあれば、誰にも邪魔されずに持ち去る。

ぼくらは、けっして地下室になど避難しない。おばあちゃんも同じだ。警報が出ても、日中ならそのときしていることを続行するし、夜間なら眠り続ける。

飛行機はたいてい、国境の向こう側を爆撃しに行くために、ぼくらの町の上空を横切るだけだ。とはいえ、人家に爆弾の落ちることもある。そんなときには、ぼくらは煙の上がっている方角から爆弾の落ちた場所の見当をつけ、何が破壊されたのかを見に行く。そしてもし何か分捕《ぶんど》れるものが残っていれば、もちろん分捕る。

　ぼくらは、爆撃された家の地下室にいた人びとが例外なく死んでいることに注目した。それに反して、同じ家の煙突は、必ずと言っていいほど倒壊せずに残っている。

　飛行機が畑や路上にいる人びとを狙って急降下し、霰弾《さんだん》攻撃することもある。従卒が、飛行機がぼくらに向かって突き進んでくるときは注意しなければいけない、けれどもその飛行機がぼくらの頭上に達する瞬間にはもう危険は去っているのだ、と教えてくれた。

　空襲を警戒するため、夜は、少しも光が外に漏れないよう窓を遮断したうえでないと、ランプに火を灯すことが禁じられている。おばあちゃんに言わせれば、いっさい明かりを灯さないほうが話が簡単なのだが——。この規則を徹底させるため、警邏《けいら》隊が一晩じゅう巡回している。

　ある日の食事中、ぼくらはおばあちゃんに、飛行機が炎に包まれて墜落するのを見たと話した。操縦士がパラシュートを開いて飛び降りるところも、ぼくらは目撃したのだった。

「ぼくら、敵のあの操縦士がどうなったかは知らないんだ」

　おばあちゃんが言う。

「敵だって？　その敵だなんて言われているのが、わしらの味方、同胞なんじゃ。彼ら、今に進軍して来るわい」

また別のある日、警報の出ている最中、ぼくらは外を歩き回っていた。そのとき、動転した様子で、ひとりの男が駈け寄ってきた。

「爆撃の最中だよ、こんな所にいちゃいけないよ」

彼はぼくらの腕を摑《つか》み、ひとつの扉のあるほうへ無理やり引っ張る。

「入りなさい、中に入りなさい」

「嫌《いや》だ、入りたくない」

「ここは避難所なんだ。きみたち、この中にいれば安全なんだよ」

彼が扉を開け、ぼくらを後ろから押し込む。地下室に、人びとがひしめき合っている。それでいて静まりかえっている。女たちがめいめいの子供を抱き締めている。

突如どこかで、爆弾が連続的に炸裂する。爆発音がだんだん近づいてくる。ぼくらを地下室に連れ込んだあの男が、片隅に積み上げられている石炭の山に飛び乗り、その中にもぐり込もうともがいている。

数人の女が、さも軽蔑したように笑う。ひとりの年配の女が言う。

「この人、神経をやられているのよ。それで軍隊から特別休暇をもらったらしいわ」

急に、ぼくらは息苦しくなる。たまりかねて地下室の扉を開ける。と、でっぷりした大柄な女がぼくらを押し返し、扉をふたたび閉める。彼女が声を張り上げる。

「気でも狂ったの？　あんたたち、今は外に出られないのよ」

ぼくらは訴える。

「人が死ぬのは、いつも決まって地下室でなんだ。ぼくら、外に出たい」

その太った女は扉を背にして立ちはだかる。付けている〈市民保護係〉の腕章を、ぼくらに見せつける。

「ここでは私の指示に従うのよ！　外に出てはいけません！」

ぼくらも必死だ。彼女の肉付きのいい前腕にがぶりと嚙みつく。彼女の脛《すね》を蹴る。彼女は悲鳴を上げ、ぼくらを叩こうとして躍起《やっき》になる。人びとは面白がって笑う。憤怒と羞恥で顔を真っ赤にして、〈市民保護係〉の女がついに言う。

「いいわ、とっとと出て行きなさい！　外でくたばるといいのよ！　そうなっても、あんたたちなんか、大した損失じゃないわ」

外に出て、ぼくらはホッとする。恐怖に襲われたのは初めてのことだった。

爆弾は、雨のように降り続いている。

〝牽《ひ》かれて行く〟人間たちの群れ

洗濯の済んだ衣類を受け取るために、ぼくらが司祭館を訪ねた折のことだ。台所で女中といっしょにタルティーヌを食べていると、通りのほうから人びとの騒ぐ声が聞こえてくる。ぼくらは食べかけを皿に置き、様子を見に外へ出る。人びとがそれぞれの家の戸口に並んでいる。どの顔も、駅のほうを向いている。昂奮した子供たちが駈けてくる。

「来たよ！　来たよ！」

通りの曲がり角に、数人の外国人将校を乗せた軍用ジープが現れる。ジープはゆっくりと移動し、長銃を肩から斜めに掛けた兵士たちがそれに続いている。兵士たちのあとに従っているのは、あたかも家畜のように牽かれて行く人間たちの群れだ。(註10) ぼくらのような子供、ぼくらのおかあさんのような女の人、あの靴屋さんのような老人。

彼らは二、三百人の列を作り、兵士たちに取り囲まれて進む。なかには、幼い子供をおぶったり、肩に乗せたり、胸に抱いたりしている女の人たちがいる。そのうちの一人が転ぶ。いっしょに歩く人びとの手が、転んだ子供と母親に差し延べられる。子供と母親はすぐさま助け起こされ、抱きかかえられる。兵士たちの一人が、早くも銃を彼女たちに向けたからだ。

誰一人、口を開かない。誰一人、泣かない。彼らの眼差しは、釘付けされたかのように地面に向けられている。鋲を打った軍靴《ぐんか》だけが響きわたっている。

ちょうどぼくらの前で、群衆の中から、一本の痩せた腕がこちらへ突き出された。泥まみれの手が差し出され、求める声が聞こえた。

「パンを」

女中が、愛想のよい笑みを浮かべて、彼女のタルティーヌの残りを与える仕種《しぐさ》をする。差し出されている手にそのパン切れをゆっくり近づける。が、もう少しというところで、急に甲高い笑い声を上げ、パン切れを自分の口に運び、頬張り、言い放つ。

「あたしだって腹ぺこなの！」

この場面に居合わせて一部始終を見た一人の兵士がニヤリとし、女中のお尻を軽く叩く。彼女の頬をつねる。すると彼女は、夕陽の中に舞い上がる砂塵しか見えなくなるまで、去って行く彼にハンカチを振り続ける。

ぼくらは館の中に戻った。自室の大きな十字架の前にひざまずいている司祭様の姿が、台所にいるぼくらに見える。

女中が言う。

「タルティーヌの残り、食べちゃいなさい」

ぼくらは言う。

「もう、おなかなんか空いていないよ」

ぼくらは司祭の部屋へ行く。司祭が振り向く。

「おまえたち、私といっしょに祈りたいのかね？」

「ぼくたちがけっしてお祈りをしないことは、ご存じのはずです。そうじゃなくて、ぼくたちは理解したいんです」

「こういうことは、おまえたちには理解できないよ。もう少し大人にならないと……」

「でも司祭さん、ぼくたちはともかく、あなたは立派な大人でしょう。だからこそ、お伺いするんです。あの人たちは誰なんですか？　どこへ連れて行かれるんですか？　なぜ、連行されるんですか？」

司祭は立ち上がり、ぼくらのほうに歩み寄る。目を閉じて言う。

「神の御心《みこころ》は計り知れぬ」

彼は目を開き、両手をぼくらの頭上に載せる。

「やれやれ嘆かわしい、おまえたちがあんな光景に立ち会わされたとは……。おまえたち、全身がぶるぶる震えているではないか」

「あなたもですね、司祭様」

「うむ、私は年寄りだから、それで震えるんじゃよ」

「ぼくたちのほうはね、ただ寒いだけです。上半身裸のままで来ましたから。女中さんが洗ってくれたシャツを、一枚着ることにします」

ぼくらは台所に戻る。女中の手から、清潔になった肌着類の包みを受け取る。その中からそれぞれ一枚のシャツを取り出して着るぼくらに、女中が言う。

「あなたたち、感じやすすぎるわよ。この際あなたたちにとっていちばんいいのはね、さっき見たものなんか忘れちゃうことよ」

「ぼくらは、どんなことも絶対に忘れないよ」

彼女は、ぼくらを出口のほうへ押しやる。

「さあさあ、昂奮しないで！　ああいうことは、あなたたちには関係ないんだから。あなたたちはね、けっしてあんな目に遭わないわよ。だから安心しなさい。あんな連中、犬畜生みたいなものなのよ」

おばあちゃんの林檎

司祭館をあとにして、ぼくらは靴屋さんの家まで一目散に駈けて行く。着いてみると、窓ガラスが割られ、ドアが押し破られている。家の中もめちゃくちゃに荒らされていて、内壁には、卑猥な言葉が書きなぐられている。

老女が一人、隣家の前のベンチに腰掛けている。ぼくらは彼女に訊ねる。

「靴屋さん、もういないの？」

「あれからもうずいぶんになるよ、かわいそうにねえ」

「今日、町を通った人たちのなかに、靴屋さんもいたの？」

「いや、今日の人たちはよそから来たんだよ。家畜用列車に詰め込まれて……。靴屋さんはここで殺されたのよ。あの人のこの仕事場で、あの人自身の仕事道具でもってね。でも、心配しなくていいのよ。神様が何もかも見ていらっしゃる。誰が神様の忠実な子だったか、お見分けになるよ」

ぼくらが家に帰り着くと、庭木戸の前、林檎がいくつも散らばった中に、おばあちゃんが、脚を広げて仰向けに倒れている。

おばあちゃんはぐったりして動かない。額《ひたい》から血が出ている。

ぼくらは台所へ走る。目についた布切れを水に浸し、絞る。棚の蒸溜酒を引っ摑《つか》んで、おばあちゃんの所へ取って返す。彼女の額に濡らした布を当て、口には蒸溜酒を注ぎ込む。しばらくすると、おばあちゃんが目を開ける。そして言う。

「もっと！」

おばあちゃんの口に蒸溜酒をさらに注ぐ。

おばあちゃんは肘を突いて体を起こし、怒鳴り出す。

「林檎を拾え！　林檎を拾わにゃいかんのに、牝犬の子、何をぐずぐずしているんだい」

ぼくらは道路の砂埃《すなぼこり》にまみれた林檎を拾う。拾った林檎を、おばあちゃんのエプロンの窪みに集める。

先ほどの布切れは、おばあちゃんの額から滑り落ちてしまった。血が、彼女の眼の中に流れ込む。おばあちゃんはそれを頭の三角の布の端でぬぐっている。

ぼくらが問う。

「痛いかい、おばあちゃん？」

おばあちゃんはせせら笑う。

「銃床で殴られたくらいで死ぬわしじゃないわい」

「何があったの、おばあちゃん？」

「何でもありゃしないよ。わしゃ、林檎を拾っていたんじゃが、行列を見に木戸の前まで来てみたのさ。ところが、エプロンが手から滑っちまってね。たくさんの林檎が落ちる、道の上を転がる、それも行列の真ん中じゃ。ふん、だからって、殴らなくてもいいだろうに」

「誰に殴られたの、おばあちゃん？」

「誰がやったか、だって？　そんな分かりきったことを訊ねて、おまえたち、まさか馬鹿なんじゃあるまいね？　あいつら、あの連中も殴ったんじゃや。大勢を手当たり次第に殴ったんじゃよ。それでも、あのうちの何人かは食べられたわい、わしの林檎を！」

　ぼくらはおばあちゃんを助け起こし、家の中に連れて入る。おばあちゃんは林檎を砂糖煮にしようと、その皮を剝きはじめる。が、案の定ばったり倒れる。そこでぼくらはおばあちゃんをベッドまで運び、靴を脱がせる。そのとき、おばあちゃんの三角の布がずれる。現れたのは、すっかり禿《は》げた頭蓋だ。ぼくらは三角の布をそっと元の位置に戻す。それからぼくらは長い間、おばあちゃんのベッドのそばにとどまる。おばあちゃんの手を軽く握り続け、おばあちゃんの呼吸を見守り続ける。

刑事

ぼくらは家の台所で、おばあちゃんといっしょに朝食をとっている。そこへひとりの男がノックもせず、いきなり入って来る。男は警察証を見せる。

途端に、おばあちゃんが喚《わめ》き出す。

「この家に警察の立ち入りはお断りじゃ！　わしゃ、何もしちゃいないよ！」

刑事が言う。

「そうとも、これまで何ひとつ、大それたことはしていないよな。そこいらに、ちっとばかし毒を散らしただけだよな」

おばあちゃんが言う。

「何の証拠もないんだからね。あんた、わしにゃ、いっさい手出しはできないよ」

刑事が言う。

「まあ落ち着きなよ、ばあちゃん。死んだ者を掘り起こしたりはせんよ。埋めるほうだけでも手いっぱいなんだからな」

「そんなら、何の用だい？」

刑事はぼくらのほうに視線を向け、言う。

「やっぱり、血は争えないな」

おばあちゃんもまた、ぼくらを見る。

「わしもね、そう願いたいもんだと思いますよ。これ、牝犬の子、また何をやらかしたんだい？」

刑事が問う。

「昨晩はどこにいたのかね？」

ぼくらは答える。

「ここです」

「ほう、いつもと違って、あっちこっちの居酒屋を回っていなかったのか？」

「ええ、町へは行かなかったんです。おばあちゃんが事故に遭いましたから」

おばあちゃんが、慌てて口を挟む。

「いえね、わしが地下へ降りようとして、落ちたんですよ。階段に苔が生えているもので、足を滑らせたんです。頭を打っちまいましてね。この子たちが運び上げて、手当てしてくれたんです。二人とも、一晩じゅう、わしのそばにいましたよ」

刑事が言う。

「なるほど、あんた、痛そうな瘤《こぶ》ができているな。あんたの歳じゃ、気をつけたほうがいいよ。よろしい。家の中を調べさせてもらう。三人とも、いっしょに来てくれ。地下から始めよう」

おばあちゃんが、地下貯蔵庫の入口を開け、ぼくらは地下に降りる。貯蔵庫に入った刑事は、袋、ブリキ缶、カゴ、ジャガイモの山など、そこにあるものは何もかも動かして、隠されているものがないか確かめている。

おばあちゃんが声をひそめて、ぼくらに訊く。

「何なんだい、この刑事が探しているのは?」

ぼくらは首をすくめる。

地下が終わると、刑事は台所の中を探し回る。それから、おばあちゃんがしぶしぶ寝室を開ける。刑事は、彼女のベッドの毛布やシーツをめくり上げる。ベッドを裸にしても、藁布団の中を探っても、何も見つかりはしない。枕の下から小銭が少し出てきただけだ。

将校の部屋の入口の前で、刑事が訊ねる。

「何だね、ここは？」

おばあちゃんが言う。

「この部屋は、外国人の将校に貸してあるんです。わしの手元にゃ、鍵はないですよ」

刑事が屋根裏部屋の入口に目をつける。

「梯子《はしご》はないのかね？」

おばあちゃんが言う。

「ありますよ、折れているのでよければね」

「じゃ、あんた、この上へ登るときはどうしているんだい？」

「わしは登りませんよ。登るのは、ちびたちだけでしてね」

刑事が言う。

「じゃあ、おちびさんたちよ、行ってみよう」

ぼくらは、いつものロープで、屋根裏部屋によじ登る。刑事は、ぼくらが勉強に必要なものを片づけるのに使っている荷箱を開ける。聖書、辞典、紙、鉛筆のほか、すべてを記録した〈大きなノート〉が入っている。しかし刑事は、ものを読みに来たわけではない。彼はさらに古着や毛布の山に目を通し、それが済むと、ぼくらを促して階下に降りる。下に降り立つと、刑事は周囲を見回し、言う。

「この庭を隅から隅まで掘り起こすなんていうことは、もちろん無理な相談だ。よし、私に随《つ》いて来たまえ」

彼はぼくらを、森の奥、ぼくらが死体を見つけたあの大きな穴の所まで案内する。死体はもう、そこにない。刑事が問う。

「ここまで来たことがあるかい？」

「いいえ、一度も。こんな遠くまでは怖くて来れません」

「この穴も、死んだ兵士も、一度も見たことはないのかね？」

「ええ、見たことありません」

「その死んだ兵士が発見されたとき、なぜか死体の周辺に、彼の銃も、弾丸も、手榴弾も見つからなかった……」

ぼくらは言う。

「その兵隊さん、よほどぼんやりで、だらしなかったんですね、軍人にはなくてはならないそういった武器をなくすなんて」

刑事が言う。

「武器はその兵士がなくしたんじゃない。兵士が死んだあとで、何者かに持ち去られたんだ。きみたちはこの森の中に入ることが多いんだから、この件について何か思い当たることがあるんじゃないかい？」

「いいえ、何も思い当たりません」

「しかしだな、確かに何者かが、その銃と、その弾丸と、その手榴弾を奪ったはずなんだよ」

ぼくらは言う。

「そんな危険なものに手を出すなんて大それたこと、誰がするんでしょう？」

訊《じん》問《もん》

ぼくらは刑事の執務室にいる。刑事は机に向かって腰掛けているが、ぼくらは、彼の正面に立たされたままだ。彼は、紙と一本の鉛筆を用意する。煙草に火をつける。それから、ぼくらに、いろいろと問いはじめる。

「司祭館の女中とは、いつから知り合いになったのかね？」

「春からです」

「どこで出会ったんだい？」

「おばあちゃんの家でです。彼女がジャガイモを買いに来たんです」

「きみたちは司祭館に薪《まき》を配達しているね。どのくらい代金を貰っているのかね？」

「一銭も貰っていません。ぼくたちは、衣類を洗ってくれる女中さんにお礼する意味で、司祭館へ薪を持って行くんです」

「彼女はきみたちにやさしいかね？」

「それはもう、とてもやさしいです。彼女はぼくたちにタルティーヌを作ってくれます。爪を切ってくれ、髪を刈ってくれますし、お風呂だって用意してくれます」

「つまり、母親のように、というわけか。それなら司祭様はどうだ、彼はきみたちにやさしいかい？」

「やさしいですとも。司祭様は、ぼくたちに本を貸してくださいます。たくさんのことを教えてくださいます」

「司祭館へ最後に薪を届けたのはいつだね？」

「五日前です。火曜日の朝です」

刑事は部屋の中を歩き回る。カーテンを閉じ、卓上スタンドのスイッチを入れる。二脚の椅子を据え、ぼくらを坐らせる。スタンドの角度を調節して、電灯の光がぼくらの顔面を直射するようにする。

「おい、おまえたちは、女中のこと、大好きだったんだな？」

「ええ、もちろん」

「彼女がどんな目に遭ったか、知っているか？」

「彼女に何かあったんですか？」

「そうとも、惨《むご》いことがな……。今朝方、いつもどおり彼女が火をおこしていたところ、台所の竈《かまど》が爆発したんだ。彼女は、顔をまともにやられた。今は病院に担《かつ》ぎこまれているよ」

　刑事は話しやめる。ぼくらは黙って聞いている。彼が言う。

「何も言うことはないのか？」

　ぼくらは言う。

「爆発を顔にまともに受けたりしたら、病院行きは免れないし、墓場へ直行ということもあるでしょう。彼女が死ななかったのは幸運です」

「彼女の顔は変わり果てちまって、一生、元に戻らないんだぞ！」

　ぼくらは口を噤《つぐ》む。刑事も黙る。彼は、ぼくらをじっと見る。ぼくらも、彼をじっと見る。彼が言う。

「おまえたち、特に悲しそうには見えないな」

「ぼくたち、彼女が命をとりとめたことを幸いだったと思っているんです。大事故だったわけですからね！」

「事故なんかじゃないぞ。誰かが、暖房用の薪の中に爆発物を隠したんだ。軍用銃に使われる弾丸だということが判明している。薬莢《やっきょう》が見つかったのさ」

　ぼくらが問う。

「何のために、そんなことをしたんでしょう？」

「殺すためさ。彼女を、あるいは司祭様をな」

ぼくらが言う。

「残酷な人がいるんだなあ。殺すのが好きなんですね。そんなことも、戦争が教えたんですよ。それに爆発物なんて、どこにでも転がっていますからねえ」

刑事は怒鳴り出す。

「いい加減にしろ、知ったような口を利くのは！　司祭館に薪を配達しているのは、おまえらだ！　森を一日じゅううろついているのも、おまえらだ！　死体を見れば身ぐるみ剝ぐのも、おまえらだ！　おまえら、どんなことでも仕出しかねないんだ！　そういう素質を、おまえらは血の中に持っているんだからな！　おまえらのばあちゃんも人殺しをやって、疚《やま》しいところがある。あのばあさんは亭主を毒殺した。ばあさんのやり口は毒薬で、おまえらのは爆発物なんだ！　さあ吐け、ちんぴらども！　正直に言え、おまえらがやったんだろう！」

ぼくらは言う。

「司祭館に薪を届けているのは、ぼくらだけじゃありませんよ」

彼が言う。

「それは、そのとおり。じいさんもいるからな。だが、そっちの訊問はもう済んでいる」

　ぼくらがまた言う。

「薪束の中に弾丸を一個隠すくらい、誰にでもできますよ」

「ふむ、しかし弾丸は、誰にでも入手できるわけじゃない。おれはな、あの女中のことなんか、どうだっていいんだ！　おれが知りたいのは、どこに弾丸があるのか、どこに手榴弾があるのか、どこに銃があるのか、そこのところだ。じいさんは何もかも吐いた。おれがみっちり訊問してやった結果、自白して、犯行を認めたんだ。ところがじいさん、どこに弾丸と手榴弾と銃があるのか、おれに指し示すことができなかった。真犯人は、やつじゃない。おまえらだ！　おまえらは、弾丸と手榴弾と銃の在《あ》り処《か》を知っている。おまえらはそれを知っている。そしてこれから、その在り処をおれに言うんだ！」

　ぼくらは返事をしない。刑事の平手が飛んでくる。両手での、右へ、左への往復びんただ。ぼくらの鼻と口から血が出る。

「白状しろ！」

　ぼくらは口を閉ざす。刑事は蒼白になる。彼は殴る。これでもか、これでもかと殴る。ぼくらは椅子から転がり落ちる。彼はぼくらの肋骨を、腰を、胃を、足で蹴り、踏みつける。

「言え！　言わないか！　やったのは、おまえらだろう！　白状しろ！」

ぼくらはもう、目を開けられない。何も聞こえない。体は、大量の汗と、血と、尿と、糞便にまみれる。ぼくらは気絶する。

監獄で

　ぼくらは監獄の土間に横たわっている。鉄格子の嵌まった小窓から、光が少し射し込んでくる。しかしぼくらには、現在の時刻も分からないし、午前なのか午後なのかすら判別できない。

　体中が痛い。ほんの少し体を動かすだけでも衝撃が走り、ぼくらはふたたび半ば失神状態に落ちる。視界が朦朧《もうろう》とし、耳鳴りがし、頭ががんがんと痛む。強烈な渇きを感じる。口の中が乾き切っている。

　この状態で数時間が経過する。ぼくらは話しもしない。さらに時間が経って、刑事が入ってくる。彼がぼくらに訊ねる。

「何か要らないか？」

　ぼくらは言う。

「水を」

「吐け。自白するんだ。そしたら水でも、食いものでも、何でも欲しいものをやるぞ」

ぼくらは返事しない。彼が訊ねる。

「じいちゃん、何か食いたいか？」

返答の声は聞こえない。刑事は出て行く。

こうして、この監房にいるのがぼくらだけでないことが分かった。用心しつつ、頭を少し擡《もた》げると、年老いた男が片隅に寝そべり、縮《ちぢ》こまっているのが見える。ぼくらはそろそろと男のほうへ這って行き、体に触れてみる。その体は、ひんやりとして、こわばっている。また這って、扉の近くの元の場所に引き返す。

刑事が懐中電灯を手に戻って来たのは、すでに夜になってからだった。彼は老人を照らし出して、言う。

「ぐっすり眠りな、明日、家に返してやるからな」

刑事は、ぼくら二人の顔にも、順に、真正面から光を当てる。

「相変わらず、供述することはないのか？　だからって、こっちは別に困りはしないぞ。時間はたっぷりあるんだからな。おまえら、白状するか、ここでくたばるかだ」

それからさらに時間の経過した深夜、監房の扉がふたたび開かれる。刑事と、ぼくらの親しい従卒と、将校とが入って来る。将校がぼくらの上に身を屈《かが》める。従卒に言う。

「基地に電話して、救急車を呼べ！」

従卒が去る。将校は、老人の容態を見る。そして唸《うな》る。

「この男、死ぬまで殴られたんだ！」

彼は刑事のほうに振り向く。

「おい、この償いは高くつくぞ、蛆虫《うじむし》め！　こういう仕業にはどんな報いがあるか、思い知らせてやる！」

刑事がぼくらに問う。

「この人、何と言ってるんだ？」

「老人は死んでしまった、この償いは高くつくぞ、蛆虫め！　と言っているのさ」

将校は、ぼくらの額を愛撫する。

「私の子供たち、私の可愛い友だち……。よくもきみたちに危害を加えたものだ、この卑劣な豚野郎！」

刑事が言う。

「この人、おれをどうするつもりなんだろう？　取り次いでくれないか、おれには子供がいるし……知らなかったんだよ……この人はきみたちのおとうさんなのかい、いったい何なんだ?」

ぼくらは言う。

「ぼくらの叔父さ」

「きみたち、それならそうと言ってくれればよかったのに。おれには知りようがなかったんだ。謝るよ、おれ、この際どうしたら……」

ぼくらは言う。

「神に祈るんだね」

従卒がほかの兵士とともに到着した。ぼくらは担架に乗せられ、救急車の中に運ばれる。将校が乗り込んで、ぼくらのそばに坐る。刑事は、数人の兵士に取り囲まれ、従卒の運転するジープで連行されて行った。

軍事基地に着くとすぐ、ひとりの医者がぼくらを、何もかもが白い印象を与える広広とした一室で診察する。医者はぼくらの傷口を消毒し、痛み止めと破傷風予防の注射を打つ。レントゲン写真も撮る。ぼくらの骨はどこも折れていなかった。歯がいく本か折れたけれど、すべて乳歯だった。

従卒が、ぼくらをおばあちゃんの家に連れて帰る。ぼくらを将校の大型ベッドに寝かせ、自分はベッドの脇に敷いた毛布の上に横になる。翌朝、彼がおばあちゃんを呼びに行くと、おばあちゃんが、ぼくらの枕元まで温かいミルクを運んで来てくれる。

従卒がよそへ行ってしまうのを待って、おばあちゃんがぼくらに問う。

「白状したのかい？」

「してないよ、おばあちゃん。ぼくら、白状することなんて何もないんだもの」

「わしの思ったとおりじゃや。で、刑事のほうはどうなったんだい？」

「知らない。でも、きっともう永久に戻って来ないよ」

おばあちゃんは、ほくそ笑む。

「収容所送りか、銃殺か、そんなところじゃないかい？　あの豚め！　お祝いしようよ。昨日《きのう》の若鶏を温め直してくるよ。わしも食べないでおいたんじゃや、わしもな」

正午になって、ぼくらは起き上がり、台所へ食べに行った。

食事の途中、おばあちゃんが言う。

「わしゃ、どうしておまえらがあの女を殺す気になったのか、何としても腑《ふ》に落ちんのだがね？　まあ思うに、おまえたちには、おまえたちなりの理由があったんだろうね」

老紳士

ぼくらがちょうど夕食をとり終えたところへ、ひとりの老紳士が訪ねて来た。ぼくらより大きい女の子を一人、伴っている。

戸口に現れた彼に、おばあちゃんが訊ねる。

「何の用ですかね？」

老紳士はある名前を告げる。するとおばあちゃんがぼくらに言う。

「外にお行き。庭でもひと回りしておいで」

ぼくらは外に出る。家をぐるっと回って、台所の窓の下に坐る。耳を澄ます。老紳士の声が聞こえる。

「この子をかわいそうだとは思ってくださらぬか」

おばあちゃんが答える。

「どうしてまた、選《よ》りによってこのわしに、そんなことを言ってくるんです？」

老紳士が言う。

「この子の両親をご存じだったでしょう。彼らは、自分たちが収容所に連行される前に、この子を私に預けました。その彼らから、私の家が安全でなくなったときのこの子の身の寄せ所として、あなたの住所を聞いていたのです」

おばあちゃんが言う。

「あんた、わしがどんな危険を冒すことになるか、お分かりかね？」

「ええ、分かっています。しかし、この子の命にかかわることなのです(註11)」

「この家には、外国人の将校が寝起きしているんですよ」

「いや、それがかえって好都合なのですよ。誰もここへは、この子を捜しに来ぬでしょうからな。この子のことは、あなたの孫だと、あの二人の少年の従姉《いとこ》だとおっしゃれば、それで通るでしょう」

「わしの孫はあの二人だけだということ、皆が知っていますよ」

「あなたのお婿さんのほうの縁続きだと、そうおっしゃれるでしょう」

おばあちゃんが皮肉っぽく笑う。

「わしゃ、一度も会ったことがないんですよ、その婿とやらにはね！」

長い沈黙ののち、老紳士が言葉を続ける。

「私のお願いは、数カ月の間この少女を養ってやっていただくこと、それだけなのです。戦争が終わるまででいいのです」

「戦争は、まだ何年も続くかもしれませんよ」

「いや、この戦争、もうそう長くは続きません」

おばあちゃんは、めそめそと泣き出す。

「わしなど、くたくたになるまで働かにゃならん哀れな老婆ですからねえ……。こんなに大勢の子供、どうして養えるものやら？」

老紳士が言う。

「ここにあるのが、この子の両親が所有していたお金のすべてです。そしてこれは、あの一家の宝石類。全部、あなたに差し上げます。この子を救ってくださるならね」

まもなく、おばあちゃんがぼくらを呼んだ。

「おまえたちの従姉じゃ」

ぼくらは言う。

「うん、わかったよ」

老紳士が言う。

「きみたち、いっしょに遊びなさい。三人揃ってだよ、いいね？」

ぼくらが言う。

「ぼくたち、けっして遊ばないんです」

彼が訊ねる。

「ほう、それじゃ、何をするんだね？」

「労働をします。勉強をします。いろいろな練習もします」

彼が言う。

「なるほど、分かったよ。きみたちはまじめな人間なんだ。遊ぶ時間などないわけだね。さて、そのきみたちに、きみたちの従姉の安全のことをよろしく頼みたいんだが、引き受けてくれるかな？」

「はい、承知しました。彼女にもしものことがないよう、気を配ります」

「感謝するよ」

ぼくらの従姉が口を挟む。

「私、あなたたちより大きいのよ」

ぼくらが答える。

「だけど、ぼくらは二人だ」

老紳士が言う。

「そのとおりだ。二人が力を合わせれば、はるかに強い。ところで、きみたち、彼女を『従姉』と呼ぶのを忘れないようにね、大丈夫かい？」

「はい、ご心配なく。ぼくたちは、どんなことも絶対に忘れませんから」

「よし、きみたちを信頼するよ」

ぼくらの従姉《いとこ》

ぼくらの従姉は、ぼくらより五つ年上だ。彼女は黒い眼をしている。髪は、ヘンナという名の染料で染めているので、赤っぽい。

おばあちゃんはぼくらに、従姉はぼくらのおとうさんの姪だ、と言った。ぼくらは、従姉のことをねほりはほり訊ねる人びとに、同じことを言っている。

ぼくらは、おとうさんに姉妹のいないことを知っている。しかし、ぼくらはまた、この嘘をつかないと従姉の命が危険に晒《さら》されることも承知しているのだ。従姉にもしものことがないよう気をつけると、老紳士に約束したぼくらだ。軽々しく口を滑らせるわけにはいかない。

老紳士が帰って行った直後、こんなやり取りがあった。おばあちゃんが言う。

「おまえたちの従姉は、おまえたちといっしょに台所で寝ることになるからね」

ぼくらが言う。

「台所には、もう場所がないよ」

「何とかおし」

そう言い捨てて、おばあちゃんはどこかへ行ってしまう。

従姉が言う。

「毛布を一枚もらえたら、私、テーブルの下の地面にだって喜んで寝るわよ」

ぼくらは言う。

「長椅子の上に寝ていいし、毛布も使っていい。ぼくらは屋根裏部屋で寝るよ。もうそんなに寒くないから」

彼女は言う。

「私も屋根裏部屋へ行って、あなたたちといっしょに寝るわ」

「来てほしくないよ。おまえ、屋根裏部屋には、けっして足を踏み入れちゃいけないぞ」

「どうして？」

ぼくらは言う。

「おまえには秘密がある。ぼくらにも、隠しておきたいことはあるのさ。もし、おまえがぼくらの秘密を尊重しないのなら、ぼくらも、おまえの秘密を守らないぞ」

彼女が問う。

「あなたたち、私のことを密告しかねないわけ？」

「もし屋根裏部屋に登ったら、おまえの命はない。——これで、はっきりしたかい？」

彼女は、いっとき黙ってぼくらを見つめ、それから言う。

「分かったわ。あなたたち、いかれ切った二人組の不良なのね。私、あなたたちのうす汚い屋根裏部屋になんか、けっして登らない。約束するわ」

彼女は約束を守り、けっして屋根裏部屋には登らない。けれどもほかの場所では、四六時中、ぼくらの邪魔をする。

彼女が言う。

「木苺《きいちご》を取って来てちょうだい」

ぼくらは言う。

「自分で庭へ取りに行きなよ」

彼女が言う。

「朗読するのやめてよ。うるさくて、たまんないわ」

ぼくらは読み続ける。

彼女が問う。

「いったい何しているの、そんな所で、地面に寝ころんだきり動きもしないで、何時間も前から？」

ぼくらは、彼女に腐った果物を投げつけられてもなお、不動の術の練習を続ける。

彼女が言う。

「そんなふうに押し黙っているの、いい加減にしなさいよ、終《しま》いにこっちがいら立っちゃうわ！」

ぼくらは彼女に答えず、沈黙の練習を続ける。

彼女が問う。

「どうして今日は、何も食べないの？」

「今日は、ぼくらの断食の練習の日なんだ」

ぼくらの従姉は、労働も、学習も、練習もしない。彼女はしばしば空を眺め、ときどき涙を流す。

おばあちゃんは、従姉はけっしてぶたない。彼女を罵《ののし》ることもない。彼女には働くことも要求しない。何をしろとも言わない。彼女には、ちっとも話しかけない。

宝石

従姉《いとこ》がやって来た当日の夜、ぼくらは屋根裏部屋へ寝に行った。将校の部屋から毛布を二枚持ち出し、干し草を床に積み重ねた。横になる前に、ぼくらは、例の穴から下を覗いてみた。将校の部屋には誰もいない。おばあちゃんの所には明かりがついている。珍しいことだ。

おばあちゃんが台所の石油ランプを取り外し、自分の化粧台の上に吊《つ》るしたのだ。その化粧台は、鏡が三枚付いた古めかしい代物で、真ん中の鏡は固定されているが、残りの二枚の角度を変えられるようだ。その二枚の鏡を動かすと、自分の横顔も見られる仕組みらしい。

おばあちゃんは、化粧台の前に坐っている。鏡に自分を映している。頭のてっぺん、黒い三角の布の上に、何か光るものを載せている。首には数本の首飾りをぶら下げ、腕には腕輪を、指には指輪を、いくつも嵌めている。彼女は独《ひと》り言を言いながら、自分に見入っている。

「金持ちじゃ、金持ちになったんじゃ。こういうものがあれば、美しくなるのも容易《たやす》いわい。とうとう、つきが回って来た。この宝石も、今やわしのもの、このわしのものじゃ。思えば、これはもう当然のことじゃて。ほら光るわ、光るわ……」

しばらくして、おばあちゃんは言う。

「もしも、連中が帰って来たら？　もしも、これを返せって言ってきたら？　いったん危険が去れば、連中は忘れる。感謝の念なんて、連中は、これっぽっちも持ち合わせとりゃせん。あの連中ときたら、夢みたいなことを約束しておいて、そのくせあとになると……。いや、いや、心配ない、連中はもう死んじまっている。あの老紳士も、もう長くはないわ。それにあの人、全部わしにくれると言ったんだし……。じゃが、あの子……あの子は一部始終を見聞きしておった。あの子は、わしからこれを取り返したがるに違いない。そうに決まっておる。戦争が終わったら、あの子はきっとこれを要求する。が、わしは嫌《いや》じゃ。返すことなんかできぬ。これは、わしのものじゃ。永久に……

あの子にもまた、死んでもらわにゃならんわい。ぽっくりと、証拠を残さず、見られも、知られもせずに……。そうじゃ、あの子は死んでしまうんじゃ、何か事故に遭うんじゃ、戦争が終わる直前に。ふむ、事故がよいわ。毒薬はまずい。今回はな。さて事故というと……川で溺れさせる？　あの子の頭を水の中に押さえつける？　難しい。地下室の階段から突き落とす？　高さが足らぬ。毒薬。やっぱり毒薬しかない。ゆっくり効くやつ。分量をうまく加減して……。不思議な病いが、じわりじわりと、何カ月もかかってあの子を蝕《むしば》む……。この界隈にゃ、医者などおらん。戦争中だもの、そんなふうに、治療が受けられなくて死ぬ者は珍しくないわい」

おばあちゃんは、拳を振り上げ、鏡の中の自分を威嚇する。

「わしに楯突《たてつ》こうったって無理だよ！　何もできゃせんぞ！」

おばあちゃんは、あざけり笑う。宝石を外し、亜麻布の袋に入れ、袋を藁布団の中に隠す。彼女は床につく。ぼくらも寝る。

翌朝、従姉が台所からいなくなるのを待って、ぼくらはおばあちゃんに言う。

「おばあちゃん、ちょっと話したいことがあるんだ」

「何じゃね、また？」

「よく聞いてよ、おばあちゃん。ぼくらはあの老紳士に、従姉にもしものことがないように気を配るって、そう約束したんだ。だからね、彼女は無事に生き延びるんだよ。事故にも遭わないし、病気にも罹《かか》らない。何事も起こらないんだ。そしてもちろん、ぼくらにも何も起こらないんだ」

ぼくらは、おばあちゃんに封印した一枚の封筒を見せる。

「ここにね、何もかも書き込んだよ。ぼくら、この手紙を司祭様に預けるんだ。万一、ぼくら三人のうちの一人に異変があったら、司祭がこの手紙を開封するよ。これで、よく分かった、おばあちゃん？」

おばあちゃんは、眼をほとんど閉じるくらいに細めて、ぼくらを見る。彼女は、たいそう強く息を吸い込む。低く唸《うな》るように言う。

「牝犬の、淫売の、悪魔の子め！　おまえたちの生まれた日なんか、呪われてしまえ！」

午後、おばあちゃんが葡萄畑へ仕事をしに出かけたあと、ぼくらは、彼女の藁布団を調べた。中には何も入っていなかった。

ぼくらの従姉《いとこ》とその恋人

ぼくらの従姉が生真面目になった。ぼくらの邪魔も、もうしない。彼女は毎日、ぼくらが居酒屋で稼いだお金で買った大きな盥《たらい》に入って、体を洗う。自分の服を、肌着を、頻繁に洗う。衣類が乾くまでの間、彼女はタオルにくるまる。または、日溜まりに寝そべり、パンツは穿《は》いたまま乾かす。彼女は日焼けして、すっかり褐色の肌をしている。長い髪が体を隠し、お尻にまで届いている。ときどき、彼女は仰向けになり、髪で胸を隠す。

夕方になると、彼女は町へ出かける。町からの帰宅時刻がだんだん遅くなる。ある夕べ、ぼくらはこっそり彼女を尾行した。

墓地の近くで、彼女は若い男女のグループに合流した。みな、まだ大人ではないが、ぼくらよりは大きい。彼らは木蔭で車座になり、煙草を吸っている。葡萄酒のびんも何本か持っていて、それをラッパ飲みしている。彼らのうちの一人が、小道の端で見張り番をしている。誰かが近づくと、その見張り番が、そ知らぬ様子で坐ったまま、よく知られた流行歌を口笛で吹く。と、グループはたちまち分散し、草むらの中か、墓石の後ろに隠れる。危険が去ると、見張り番が口笛を別の歌に変える。

グループは小声で、戦争のことを話している。また、軍隊からの脱走のこと、強制収容所のこと、抵抗運動のこと、占領からの解放のことを話している。

彼らの話によれば、ぼくらの国に進駐し、ぼくらの味方だと称している外国の軍人たちは、実はぼくらの敵であって、近いうちにこの町にまで進軍してくるであろう、そして戦争に勝つであろう軍人たちは、敵ではなく、それどころかぼくらの解放者であるらしい(註12)。

　彼らは言う。

「ぼくのとおさん、向こう側に渡ったんだ。『彼ら』といっしょに戻ってくるよ(註13)」

「私の父はね、宣戦布告と同時に、軍隊から脱走したの」

「ぼくのところは、両親とも、抵抗ゲリラに参加しているよ。ぼくは小さすぎて、いっしょに行けなかったんだ」

「ぼくの両親は、あの卑劣なやつらに連れて行かれたのさ。強制収容所送りだ」

「あなた、もう永久にご両親に会えないわね。私の場合も同じなの。収容所に送られた人たち、今頃はもうみんな死んでしまってるわ」

「そうとは限らないよ。生き残る人たちもいるよ」

「それに、犠牲者の仇《あだ》はきっと討つよ」

「ぼくら、もうちょっと早く生まれていたらなあ……。残念だ、何もできなかった」

「もうじき終わりだ。『彼ら』が明日にでもやって来るよ」

「〈大きな広場〉で、花を用意して待ちましょうよ」

夜更け、グループは分散する。めいめいの家に帰る。

ぼくらの従姉は、一人の男の子と連れ立って、どこかへ向かう。ぼくらはあとを追う。二人は、お城の中の細い路の入り組んだ辺りに入って行き、そこにある半ば崩れた壁の背後に消える。二人の姿は見えないが、声は聞こえる。

ぼくらの従姉が言う。

「私の上に、あなたが被さるように寝るの。そう、これでいいわ。キスして、キスしてちょうだい」

男の子が言う。

「きみは、なんて綺麗なんだ！　きみが欲しいよ！」

「私だって……。だけど怖いの。もし妊娠したら？」

「結婚するさ。きみを愛しているんだ。〈解放〉後すぐに、いっしょになろう」

「私たち、若すぎるわよ。待たなくちゃ」

「ぼくは待てないよ」

「やめて！　痛いわ。いけないわ、いけないわよ、あなた」

男の子が言う。

「うん、わかった。じゃあ、ぼくを愛撫しておくれよ。手を貸してごらん。ぼくのここを撫でてほしいんだ。そう、そんなふうに。体の向きを変えなよ。きみのここに、ここに口づけしたいんだ。きみにそこを撫でられながら」

ぼくらの従姉が言う。

「いや、そんなことしないで。恥ずかしいわ。ああ！　いいわ、続けて！　あなたを愛しているわ、こんなに愛しているわ」

ぼくらは、偵察を切り上げて帰路につく。

祝福

　ぼくらは、借りた本をまだ返していなかったので、司祭館を再訪しないわけにいかなかった。

　玄関へ出てきたのは、新しくきたひとりの老婆だ。彼女はぼくらを館内に迎え入れて、言う。

「あなたがたのことを、司祭様がお待ちかねでした」

　司祭が言う。

「お掛けなさい」

　ぼくらは、本を彼の机の上に置く。椅子に腰掛ける。

　司祭は、いっとき、ぼくらを注視する。それから口を開く。

「待っていたんだよ。ずいぶんご無沙汰だったね」

　ぼくらは言い訳する。

「お借りした本を読み終えたくて……。ところが、非常に忙しいので」

「それなら、お風呂のほうは？」

「今ではぼくたちの家に、体を洗うのに必要なものは何でもあるんです。盥《たらい》、石鹸、鋏、歯ブラシを買いましたから」

「その支払いは、何でしたんだね？　どういうお金で？」

「あちこちの居酒屋で音楽をやって儲けたお金を使いましたよ」

「居酒屋は、堕落を招く場所だよ。おまえたちの年頃には特にね」

ぼくらは黙っている。彼が言う。

「おまえたち、盲人のためのお金も取りに来なかったね。相当な額がたまっているよ。ほら、これをお取りなさい」

「それはもう、いただきません。司祭さんは、もう充分に施《ほどこ》されました。ぼくたちがお金を頂戴したのは、あの頃、それが絶対に必要だったからなんです。今やぼくたちにもかなりの収入がありますから、〈兎っ子〉にも分けてやれます。それにぼくたち、彼女に働くことも教えたんです。〈兎っ子〉を助けて、彼女の家の庭の土を鋤《す》き、そこにジャガイモ、インゲン豆、カボチャ、トマトを植えました。彼女が育てるように、雛《ひよこ》と兎をやりました。彼女は自分の畑、自分の家畜の世話をしています。もう乞食はしません。ですから彼女には、司祭さんのお金はもう要らないんです」

　司祭は言う。

「そういうわけなら、このお金、おまえたち自身のためにお取りなさい。そうすれば、居酒屋などに出入りしなくて済むだろう」

「居酒屋で働くのは、ぼくたち、好きでしていることなんです」

　彼が言う。

「おまえたち、殴られたり、拷問を受けたりしたそうだね」

　ぼくらは訊く。

「彼女はその後どうしましたか、ここの女中さんは？」

「前線での負傷兵看護に志願したのだがね。死んでしまったよ」

　ぼくらは沈黙する。彼が促す。

「私に打ち明けてはくれないかね？　私には、告解《こっかい》の秘密を守る義務がある。だからおまえたち、いっさい心配しなくていいのだよ。懺悔《ざんげ》しなさい」

　ぼくらは言う。

「ぼくたちには、懺悔することなんて何もありません」

「おまえたち、それは間違っているよ。あのような犯罪はとても重くて、この先、引きずっていけるものではない。懺悔すれば、おまえたちの胸の内も軽くなるというものだ。神様は、心から罪を悔いる者なら誰でも、お赦《ゆる》しくださるのだから」

　ぼくらは言う。

「ぼくたち、何ひとつ悔いていません。悔いることなんか、何もないんです」

長い沈黙ののち、彼が言う。

「私はね、窓から何もかも見たのだよ。あの一切れのパン……。しかし、懲罰は神だけの権限なのだ。おまえたちに、神の代理を務める資格はない」

　ぼくらは黙っている。彼が問う。

「おまえたちに祝福を授けてもいいかね？」

「それでお気が済むなら、どうぞ」

　司祭は、ぼくらの頭の上に手を載せる。

「全能の神よ、この子らに祝福を与え給え。この子らの罪が何であろうとも、この子らを赦し給え。醜き世の中にあって迷える羊、この子ら自身、私どもの堕落した時代の犠牲者にして、自らの行為の何たるかに無知なのです。この子らに宿る子供の魂を救い給い、御身の無限の寛大さと、御身の慈愛の内に浄め給わんことを、哀願いたします。アーメン」

このあと、彼はぼくらに言い足す。

「ときどきは顔を見せなさい。特に用がなくてもね」

逃走

一夜のうちに、〈町〉のあちこちの壁に、数種のポスターが出現した。そのうちの一枚には地面に倒れた老人が描かれていて、その老人の体は、敵兵の銃剣に貫かれている。別のポスターの絵では、敵兵が子供の両足を鷲摑《わしづか》みにし、その子の体を、もう一人の子供の上にハンマーのように打ちおろしている。また別のポスターでは、敵兵が一人の女の腕をとって無理に引き寄せ、もう一方の手で彼女のブラウスを引き裂いている。女は口を開け、目から涙をこぼしている。

これらのポスターを見て、人びとは怯《おび》える。

おばあちゃんは、笑い飛ばす。

「あんなのは嘘じゃや。おまえたちが怖がることはないよ」

〈大きな町〉が陥落した(註14)との報が、誰からともなくもたらされた。

おばあちゃんが言う。

「彼らが〈大きな河〉(註15)を渡ってしまったのなら、彼らの前進を妨げるものは、もう何もありはせぬ。もうじき彼ら、この近辺まで進軍してくるよ」

ぼくらの従姉《いとこ》が言う。

「そしたら私、家に帰れるのね」

だが、情報は混乱している。ある日、軍隊が降伏した、休戦に入った、終戦だ、という噂が広まったかと思うと、その翌日、新政府が樹立された、戦争続行だ、という噂が流れる。そんな具合だ。

大勢の外国人兵士が、列車やトラックで続々と到着する。ぼくらの国の兵士たちも到着する。負傷兵が多い。人びとに情勢を訊ねられると、ぼくらの国の兵士たちは、何も知らないと答える。彼らは〈町〉を通過するだけだ。収容所の横手の道を通って、隣の国へ向かう。

ある人びとは決めつける。

「彼らは逃げて行くんだ。軍隊壊滅だ」

別の人びとは言い張る。

「彼らは退却しているだけさ。国境の向こう側で再集結する。まさにこの地で、敵軍を食い止めるのさ。彼らが敵に国境を突破させるなんて、あり得ないよ」

おばあちゃんは言う。

「さて、どうかね」

一般の人びとも、大勢、おばあちゃんの家の前を通る。彼らもまた、隣の国へ向かうのだ。彼らは、もう帰って来ない覚悟で国を離れなければならない、なぜなら敵軍がやって来て報復するから、と口々に言う。敵軍はわが国民を奴隷化するにちがいない、というのだ。

袋ひとつを背負って、徒歩で逃げる人もいれば、実に雑多なもの、たとえば寝具、ヴァイオリン、檻に入れた子豚、柄付き鍋などを自転車に積み込み、押している人もいる。ほかに、馬に引かせた荷車に乗って、家財道具を残らず運んで行く人も少なくない。

ぼくらの町の者がほとんどだが、もっと遠くから来た者もいく人かいる。

ある朝、従卒と外国人の将校が、ぼくらに別れを告げに来た。

従卒が言う。

「万事休ス、モウ駄目。デモ、負ケル、死ヌヨリ、マシダ」

彼はふざけて笑う。将校が、一枚のレコードを蓄音機にかける。ぼくらはベッドに腰掛け、黙してそのレコードを聴く。将校がぼくらを抱き締める。彼は泣いている。

「もう、きみたちに会えまい」

ぼくらは慰める。

「いつか、自分の子供を持つようになりますよ」

「そんなもの、欲しくない」

彼は数枚のレコードと蓄音機を指差して、また言う。

「これを、私の思い出に取っておいてくれ。しかし、この辞書にはもう用があるまい。きみたちは、また別の言語《ことば》を学ばなくちゃならないだろうから」

死体置場

爆発音、銃声、機関銃の発射音が聞こえたのは、夜半だった。何事かと、ぼくらは家の外に出た。ちょうど強制収容所のある辺りに、赤々と火の手が上がっていた。ついに敵軍がやって来たのだと思ったのだけれど、翌朝になってみると、〈町〉は静かだ。遠くで轟《とどろ》く砲声しか聞こえない。

軍事基地に通じている道の突き当たりに、歩哨《ほしょう》がもういない。胸の悪くなるような臭いの煙が、濛々《もうもう》と天に昇っている。ぼくらは、様子を見に行くことにする。

ぼくらは収容所に入る。がらんとしていて、まるで廃墟のようだ。右を見ても左を見ても、人の姿はおろか、気配さえない。残り火に燃え続けている建物がいくつかある。耐え難い悪臭が、辺り一帯に漂っている。ぼくらは鼻をつまむ。が、そうしながらも歩みを進める。行く手が鉄条網の柵に遮られる。そこでぼくらは、監視塔の上に登る。大きな広場が遠くに望まれ、火刑台のように高く積み上げられた黒い薪《まき》の山が四つ、そこに突っ立っているのが見える。柵の切れ目がどこにあるのかを見定めた上で、監視塔から降り、柵の向こう側への入口を見つける。その入口には鉄製の大きな扉が嵌まっているが、開け放たれたままだ。扉の上部には、外国語で、〈仮収容所〉と記されている。ぼくらはそこを通って、鉄条網に囲まれたエリアの中に入って行く。

高みから見えた黒い薪の山、それは、黒焦げになった死体の山だった。すっかり焼き尽くされて骨しか残っていない死体が多いかと思えば、辛うじて黒くなった程度の死体も、あちらこちらに積み重なっている。おびただしい数の屍《しかばね》だ。大きいのもある。小さいのもある。大人も、子供もいたのだ……。彼らはまず殺され、それから積み上げられ、ガソリンをかけられ、火をつけられたのだろうと、ぼくらは推測する。(註16)

ぼくらは嘔吐する。収容所から一目散に走って出る。家に帰るとまもなく、おばあちゃんがぼくらを食事に呼ぶが、ぼくらは、また吐く。

おばあちゃんが言う。

「性懲りもなく、また変なものを食べたんじゃないのかい？」

ぼくらは言う。

「うん、熟していない青い林檎をね」

ぼくらの従姉《いとこ》が言う。

「ねえ、収容所が焼けたのよ。見に行かなくちゃ。きっと、もう誰もいないわよ」

「ぼくら、もう見て来たんだ。これといったものは何もなかったよ」

おばあちゃんが皮肉っぽく言う。

「ほう、あの勇者たち、何の忘れ物もしなかったのかい？　律義に何もかも持って行っちまったのかい？　それにしても、何かひとつくらい、役に立つものを置いて行かなかったのかねえ？　おまえたち、ほんとうによく探したんだろうね？」

「もちろんさ、おばあちゃん。ぼくらは目を皿にして見て回ったよ。でも何もないんだ」

ぼくらの従姉が、台所から抜け出す。ぼくらは、すかさず彼女のあとを追い、訊ねる。

「どこへ行くの？」

「町よ」

「もう？　いつもは、夕方にならなきゃ行かないのに……」

彼女はニッコリする。

「そうね……でも、私、約束があるの。そうなのよ」

従姉は、もう一度ぼくらに微笑む。それから、町へ向かって、勢いよく駆け出していく。

おかあさん

その軍用ジープが家の前に急停車したとき、ぼくらは庭にいた。ジープから、ぼくらのおかあさんが降り、続いて、ひとりの外国人の将校が降りる。彼らは、ほとんど走るようにして庭を横切る。おかあさんは胸に赤ん坊を抱いている。彼女がぼくらの姿を認め、叫ぶ。

「いらっしゃい！　急いでジープにお乗りなさい。ここを発つのよ。急いでちょうだい。持ち物に構っていないで、すぐいらっしゃい！」

ぼくらは問う。

「誰の子なの、その赤ちゃん？」

彼女が言う。

「あなたたちの妹よ。早く来なさい！　一刻も無駄にできないのよ」

ぼくらは問う。

「どこへ行くの？」

「隣の国よ。さあ、ぐずぐず質問していないで、すぐ来なさい！」

ぼくらは言う。

「ぼくら、行きたくないよ。ここに残りたい」

おかあさんが言う。

「おかあさんはね、どうしても行かなきゃならないの。だからあなたたちも、いっしょに来るのよ」

「嫌《いや》だ。ぼくら、ここに残る」

おばあちゃんが、家から出てくる。彼女が、おかあさんに声を掛ける。

「おまえ、そんな所で何をしているんだい？　そこに抱いているのは、何なんだい？」

おかあさんが言う。

「息子たちを連れに来たんです。あとでお金を送りますわ、おかあさん」

おばあちゃんが言う。

「おまえのお金なんか、欲しくないわい。その代わり、子供たちは返さないよ」

おかあさんが将校に、ぼくらを力ずくで連れて行くよう頼む。ぼくらはすばやく、ロープで屋根裏部屋によじ登る。将校がぼくらを捕えようと追って来るが、ぼくらは、彼の顔を上からこっぴどく足蹴《あしげ》にする。将校は悪態をつく。ぼくらは、垂れているロープを引き上げてしまう。

おばあちゃんが嘲笑《あざわら》う。

「ほら見たことか、その子たち、おまえといっしょになんか行きたくないんだよ」

おかあさんが、声を張り上げる。

「おかあさんの命令よ、すぐに降りていらっしゃい!」

おばあちゃんが言う。

「その子たち、命令なんぞにゃ絶対に従わないよ」

おかあさんは泣き出す。

「いっしょに来てちょうだい、私の大切な子供たち。おかあさん、あなたたちを残しては出発できないわ」

おばあちゃんが言う。

「外人の私生児だけじゃ足りないのかい?」

ぼくらが言う。

「ぼくら、ここで気持ちよく暮らしているんだ、おかあさん。安心して出発して。ぼくら、おばあちゃんの家《うち》で、とても居心地よく暮らしているんだから」

　大砲の音や機関銃の発射音が聞こえる。将校が、ぼくらのおかあさんの肩を抱き、彼女を車のほうへ促す。が、おかあさんは身を引き剝がす。

「私の子供たちなのよ。手放したくないわ！　愛しているんだもの！」

　おばあちゃんが言う。

「その子たちがいてくれないと、こっちが困るんだよ。わしは年寄りじゃ。おまえなら、まだほかにも子供をつくれるじゃないか。おまえの抱いているその子が証拠じゃ！」

　おかあさんが言う。

「お願いします、子供たちを引き留めないでください」

　おばあちゃんが言う。

「わしゃ、引き留めちゃいないよ。それ、おまえたち、すぐに降りてきて、かあちゃんといっしょにお行き」

　ぼくらは言う。

「ぼくら、よそへは行きたくない。おばあちゃんといっしょにここに残りたいんだ」

　将校がぼくらのおかあさんを両腕で抱きかかえるが、しかし彼女は、彼を押しのける。将校はジープに乗り込んで席に着き、エンジンをかける。ちょうどこの瞬間、庭で爆発が起こった。その直後、おかあさんの地面に倒れている姿が、ぼくらの目に入った。将校が、彼女のほうに走り寄る。おばあちゃんは、ぼくらを遠ざけようとして、怒鳴る。

「見ちゃならん！　家の中にお入り！」

将校が罵声を発し、ジープに駈け込み、凄まじい勢いで発進する。

ぼくらは、おかあさんをまじまじと見る。腸が、おなかから飛び出している。体じゅう、真っ赤だ。赤ん坊も同じだ。おかあさんの頭が、砲弾の空けた穴の中に垂れ下がっている。彼女の両眼は開いたままで、まだ涙に潤《うる》んでいる。

おばあちゃんが言う。

「鋤《すき》を取っておいで！」

ぼくらは、穴の奥に毛布を敷く。その上におかあさんを寝かせる。赤ん坊は、彼女の胸にくっついたままだ。もう一枚の毛布で、彼女たちをすっかり覆う。それから、穴を埋める。

従姉《いとこ》が町から帰ってきて、訊ねる。

「何かあったの？」

ぼくらは言う。

「うん、砲弾が落ちてね、庭に穴が空いたんだ」

ぼくらの従姉《いとこ》の出発

一晩じゅう、射撃音や爆発音が聞こえていた。明け方になって、不意に静寂が訪れる。ぼくらは将校の大きなベッドで眠りにつく。彼のベッドがぼくらのベッドになり、彼の部屋がぼくらの部屋になったのだ。

朝、朝食をとりに台所へ行く。おばあちゃんが竈《かまど》の前にいる。ぼくらの従姉は、毛布を折り畳んでいるところだ。

彼女が言う。

「私、ほとんど一睡もできなかったわ」

ぼくらが言う。

「あとで庭で眠るといいよ。もう騒音はないし、暖かいから」

彼女が問う。

「夜中、怖くなかった？」

ぼくらは、答える代わりに肩を聳《そび》やかす。

そのとき、誰かがドアをノックする。私服の男が、二人の兵士に付き添われて入って来る。兵士たちは機関銃を持ち、ぼくらが初めて見る軍服を着ている。

おばあちゃんが、蒸溜酒を飲むと使う言語《ことば》で何事か言う。兵士たちが返答する。おばあちゃんは彼らの首に抱きつき、二人に順に接吻し、それからまた彼らに向かって話し続ける。

私服の男が言う。

「彼らの言語をお話しになるんですね、奥さん？」

おばあちゃんが答える。

「わしの母国語なんですよ（註17）」

ぼくらの従姉が言う。

「彼らが来ているのね？　いつ到着したんですか？　〈大きな広場〉で、花束を持って歓迎したかったのに……」

私服の男が問う。

「誰が、そうしたかったの？」

「私と、私の友だちです」

私服の男は、親しげな笑みを浮かべる。

「そうか、時すでに遅しだね。彼らはこの夜半に到着したんだ。そして私も、そのすぐあとでね。ところで、ある女の子を捜しているんだが……」

彼は、一つの名前を口にする。すると即座に、ぼくらの従姉が言う。

「はい、それは私です。父と母は、どこにいますか？」

私服の男が言う。

「その点は私には分かりかねる。私の任務は、このリストに名前の載っている子供たちを見つけることだけだからね。われわれはまず、〈大きな町〉の受け入れセンターへ行くことになる。そのうえで、きみたちの親を見つけるために、いろいろと捜索するんだよ」

従姉が問う。

「私、この町に友だちが一人いるんです。そのリストに、彼の名前も載っているでしょうか？」

彼女は恋人の名前を告げる。私服の男が、携えているリストを調べる。

「ふむ、載っているよ。彼はもう軍の司令部に着いている。〈大きな町〉まで、きみたちはいっしょに行くことになるね。荷物を準備しなさい」

従姉は、それはもううきうきした様子で、衣服をカバンに詰め、洗面道具をまとめてバスタオルで包む。

私服の男は、ぼくらのほうに向き直る。

「ところで、きみたちは？　きみたち、名前は何というのかね？」

おばあちゃんが急いで釘をさす。

「この子たちは、わしの孫ですからね。よそへは行きませんよ」

ぼくらも言う。

「そうなんです。ぼくらは、おばあちゃんの家に残ります」

私服の男が言う。

「それでも一応、きみたちの名前を知りたいな」

ぼくらが名前を告げると、彼は書類に目を通す。

「きみたちの名前は私のリストに載っていない。この子たちは、お手元に置いておかれてよろしいですよ、奥さん」

おばあちゃんが憤慨する。

「何だって！　わしの手元に置いてよろしい、だって！」

だが、ぼくらの従姉がいそいそとして言う。

「支度できました。行きましょう」

私服の男が言う。

「ずいぶん急いでいるねえ。少なくとも、このご婦人にお礼を述べて、この少年たちに、さようならを言わなくてはね」

「少年たちに、ですか？　不良どもに、なら納得なんだけど……」

彼女は、ぼくらを抱き締める。驚くほど強く抱き締める。

「キスはしないわ。あなたたちがキスするのは好きじゃないこと、よく知っているから——。いいこと、あんまり無茶をしちゃ駄目よ。何でも慎重にやるのよ」

彼女はぼくらを、さらにいっそう強く抱く。彼女は泣いている。私服の男が彼女の腕をとり、おばあちゃんに言う。

「奥さん、この子のためにしてくださったすべてのことに、私からお礼申し上げます」

ぼくらは皆、外に出た。庭木戸の前に一台のジープが停まっている。二人の兵士が前列の席につき、私服の男とぼくらの従姉が後部座席につく。おばあちゃんが大声で、また何か言う。兵士たちがいかにも可笑《おか》しそうに笑っている。ジープが発進する。ぼくらの従姉は、ふり返らない。

新しい外国軍(註18)の到着

従姉《いとこ》の出発のあと、ぼくらは町の様子を見に行った。

通りのどの角にも軽戦車が停まっている。〈大きな広場〉には、いく台ものトラック、ジープ、オートバイ、サイドカーが停車していて、いたるところに大勢の軍人がいる。彼らは、ふだんは市場の立っている広場がアスファルト舗装されていないことに目をつけて、そこにテントを張り、野外の炊事場を設置している。

ぼくらが近くを通ると、彼らはぼくらに微笑みかけ、話しかけてくる。しかしぼくらには、彼らが何を言っているのか分からない。

軍人を別にすると、街には誰もいない。家々の玄関は閉められ、鎧戸も閉じられ、商店のシャッターは下ろされている。

ぼくらは家に帰る。おばあちゃんに告げる。

「町では、何もかも平穏だよ」

おばあちゃんは冷笑気味に言う。

「連中、今のところは休んでいるらしいね。だけど今日の午後あたり、まあ見てるがいいよ！」

「何が起こるの、おばあちゃん？」

「あの連中が、徴発を始めるんだよ。所構わず踏み入ってはものを漁《あさ》る。そして、何でも気に入ったものを分捕《ぶんど》る。わしは前にも戦争をくぐり抜けたからね、どんなふうに事が運ぶか知っているんじゃ。もっとも、わしらとしては、心配することは何もないわい。ここには、めぼしいものなんか何ひとつありゃせんし、わしは連中と口が利ける」

「でも、彼らはいったい何を探すの、おばあちゃん？」

「敵のスパイ、武器や弾薬、腕時計や金《きん》、それに女たちじゃ」

午後になると、案の定、軍人たちは家々を片っ端から探索しはじめる。彼らに門を閉ざす家があると、威嚇射撃をしておいて扉を押し破る。

住人不在の家が多い。そういう家の持ち主は、家を捨ててどこかへ行ってしまったか、あるいは森の中に隠れているのだ。そうした留守の家も、そのほかの家々同様、内部をくまなく引っ掻き回される。すべての商店、売店も、同じことだ。

軍人たちが通過したあと、今度は泥棒たちが商店や空き家に侵入する。泥棒は、主として子供と年寄りだ。女も何人かいるが、これはよほどの怖いもの知らずか、極度の貧乏人だ。

ぼくらは〈兎っ子〉にばったり会う。彼女は、服や靴を両腕いっぱいに抱《かか》えている。彼女がぼくらに言う。

「急がないと、分捕ってこれるもの全部なくなっちゃうわよ。あたしなんか、仕入れに往復するの、これで三回目よ」

ぼくらは、戸口の押し破られた〈書籍文具店〉に入った。そこには、ぼくらより小さい子供が数人いるだけだった。彼らは、色鉛筆、色チョーク、消しゴム、鉛筆削り、ランドセルを持ち去るのだ。

ぼくらは、自分たちに必要なもの、数巻本の総合百科事典と鉛筆と紙束を、誰にも邪魔されずにじっくり選ぶ。

往来で、年老いた男と年老いた女が一本の燻製ハムを争い、取っ組み合っている。そのまわりを人びとが取り囲み、ふざけたり、二人をけしかけたりしている。女が、じいさんの顔を爪で引っ掻く。そして結局、ハムを奪い取るのは彼女だ。

泥棒たちは、盗んだアルコール類で酔っぱらい、殴り合い、略奪してしまった人家の窓や商店のウインドーを破壊し、食器を割り、要らないもの、あるいは運び去ることのできないものは、地面に転がす。

軍人たちもまた、酒を呷《あお》り、そしてふたたび人家に向かう。今度は、女を見つけるためだ。

いたるところで、銃声と、強姦される女たちの悲鳴が聞こえる。

〈大きな広場〉では、一人の兵士が、アコーデオンを弾いている。ほかの兵士たちが、踊り、歌っている。

火　事

数日前から、隣の婦人の姿を、彼女の家の庭に見かけない。〈兎っ子〉に出喰わすことも、もうない。ぼくらは様子を見に行く。

あばら屋の戸口が開いている。中に入る。窓が小さい。屋内はうす暗い。外では、太陽が照りつけているというのに。

うす暗がりに目が慣れると、ぼくらは、台所のテーブルの上に横たわっている隣人の姿を見分ける。彼女の両足は垂れ下がり、両腕は顔の上に置かれている。彼女は動かない。

〈兎っ子〉は、ベッドに横たわっている。彼女は裸だ。広げたままの彼女の脚の間に、血と精液が、乾いた水溜まりのようにこびりついている。睫毛《まつげ》は永久に眼に貼りつき、唇は永遠の微笑を浮かべて黒ずんだ歯の上にめくれ上がり、〈兎っ子〉は死んでいる……。

隣人が言う。

「出ていっておくれ」

ぼくらは彼女に近づき、問う。

「おばさん、耳が聞こえるんですか？」

「私はもともと耳も聞こえるし、目も見えるよ。出ていっておくれ」

ぼくらは言う。

「ぼくら、あなたの手助けをしたいんです」

彼女が言う。

「私なら、助けなんか要らないよ。何も要らないのよ。出ていっておくれ」

ぼくらが問う。

「何があったんですか、ここで？」

「見てのとおりよ。その娘《こ》は、死んでいるんじゃない？」

「ええ。今度やって来た外国の兵隊がやったんですか？」

「そうよ。でも彼らを呼び入れたのは、その娘なの。その娘が道に出て、彼らに来るよう合図したのよ。十人余りか、十五人ばかりいたわ。彼らが次々にその娘に覆い被さったんだけど、その間、その娘はひっきりなしに叫んでいたわ。『なんて嬉しいんでしょう、なんて嬉しいんでしょう！　みんな、来て、来てちょうだい、もう一人、またもう一人！』その娘は幸せに死んだわ、死ぬまで犯されてね……。ところが私は、私は死んでいないのよ！　ここに寝て、食べもせず、飲みもせず、どれくらい前からかわからないほど長い間、じっとしている。それなのに、死はやって来ない。こちらから呼ぶと、死はけっしてやって来ない。私たちを苛《さいな》んで、面白がっているのよ。何年も前から私が呼んでるのに、死は、私を無視したままだわ」

　ぼくらは問う。

「ほんとうに、死にたいんですか？」

「私に、ほかに何が望めるというの？　私のために何かしてやろうと思うんならね、この家に火を放っておくれ。こんなありさまで、人に見つけられたくないから」

　ぼくらは言う。

「でもそうしたら、おばさん、酷《ひど》く苦しむことになりますよ」

「そんなこと気にしないで。放火してくれれば、それでいいの。もしあなたたちに、そんな仕業ができるのならね」

「はい、おばさん、できますよ。ぼくらを当てになさって大丈夫です」

　ぼくらは、彼女の喉を、カミソリで一気に掻き切る。次に、軍隊の車のガソリンを吸い上げに行く。戻って来て、二体の遺体と、あばら屋のあちらこちらの壁にガソリンをかける。火を放ち、帰宅する。

翌朝、おばあちゃんがぼくらに言った。

「隣の女の家が焼けたよ。あの二人、彼女と娘っ子、焼け死んだんだよ。あの娘が、火の始末を忘れたに違いないね。あれは、頭がいかれてたから……」

ぼくらは隣家にふたたび行き、雌鶏と兎を回収しようと探したが、夜中のうちに、ほかの隣人に分捕《ぶんど》られてしまっていた。

終戦

数週間にわたって、おばあちゃんの家の前の道を、今では〈解放者たち〉の軍隊と呼ばれている、新しい外国人たちの戦勝軍が行進するのを、ぼくらは目にする。軽戦車、大砲、重戦車、トラックの列が、日夜、国境を越える。戦線は、隣の国の奥まった地方へと、ますます遠ざかっていく。

逆の向きに、また別の行列が到着する。戦争捕虜、敗者たちだ。そのなかに、ぼくらの国の男たちが大勢いる。この行列の者たちは、まだ制服を着てはいるけれど、武器は持っていず、徽章もつけていない。彼らは、うなだれて徒歩で駅まで行き、そこで列車に乗せられる。どこへ行くのか、どれほどの期間抑留されるのか、誰も知らない。

おばあちゃんの話では、彼らは非常に遠方の、寒くて人の住まない地域に連れて行かれ、そこであまりにも苛酷な労働を強いられるので、誰一人帰って来れないらしい。

彼らは皆、寒さや、過労や、飢えや、実にさまざまの病気で死んでしまうだろう、とのことだ。

　ぼくらの国が解放されて一カ月後、全面的に終戦となる。そして、〈解放者たち〉が、ぼくらの国に居坐る。永久に出て行きはしないそうだ。そこでぼくらは、彼らの言語《ことば》を教えてくれるよう、おばあちゃんに頼む。おばあちゃんが言う。

「そんなもの、どうやって教えろって言うんだい？　わしは、学校の先生じゃないんだよ」

　ぼくらは言う。

「簡単なことさ、おばあちゃん。一日じゅう、その言語でぼくらに話してくれれば、それでいいんだ。そしたらぼくら、終《しま》いに分かるようになるから」

　ほどなく、ぼくらは、住民と〈解放者たち〉の間の通訳を務められるほど、その言語に熟達した。この能力を活かして、軍隊がふんだんに持っている製品、すなわち紙巻き煙草、煙草、チョコレートなどを、市民の手元にある葡萄酒、蒸溜酒、果物などと交換する商売を始めた。

　お金には、もはや価値がない。誰もが物々交換をする。

　女たちは、兵士たちが進軍の途中の町々で略奪してきた絹の靴下や、宝石や、香水や、腕時計や、そのほかの品々と引き換えに、彼らと寝る。

おばあちゃんは、もう手押し車を押して市場へ出かけたりはしない。立派な身なりの婦人たちが、自らおばあちゃんの家まで出向いて来ておばあちゃんに懇願し、指輪やイヤリングを譲るかわりに、一羽の若鶏、一本のソーセージを貰い受ける。

割当て配給の券が配られた。毎日、午前四時から、肉屋とパン屋の前には長蛇の列ができる。そのほかの商店は閉まったままだ。商品がもうないのだ。

誰もが、あらゆる物品に不自由している。

おばあちゃんとぼくらの三人は、どんな物品にも不自由していない。

その後、ぼくらの国には新たに軍隊と政府ができるけれど、ぼくらの国の軍隊と政府を指導するのは、ぼくらの〈解放者たち〉なのだ。彼らの旗が、あらゆる公共の建物に翻《ひるがえ》っている。彼らの統帥者の写真が、いたるところに掲げられている。(註19) 彼らはぼくらに、彼らの国の歌謡曲を、彼らの国のダンスを教える。ぼくらの国の映画館で、彼らの映画を上映する。学校では、〈解放者たち〉の言語を学ぶことが義務づけられ、それ以外の外国語は禁止されている。

ぼくらの〈解放者たち〉に対しては、また、ぼくらの国の新政府に対しては、いかなる批判、いかなる冷やかしも許されない。単なる密告を根拠に、訴訟手続きを踏まず、裁判の判決も経ないで、誰でも投獄される。多くの男女が原因不明のまま姿を消し、そうなったら最後、彼らの消息は、もうけっして近親者に届かない。

国境の鉄柵がふたたび建設された。今やそれは、越えることのできないものになっている。

ぼくらの国は鉄条網に包囲されている。こうしてぼくらは、外の世界から完全に隔離されてしまった。

学校再開

秋になり、子供たちは皆、学校に戻った。ぼくらだけは別だ。

ぼくらは、おばあちゃんに言う。

「おばあちゃん、ぼくら、もう学校へは行きたくないよ」

おばあちゃんが言う。

「そう願いたいもんだよ。おまえたちがここにいてくれなきゃ困るからね。それに、おまえたちに、いまさら学校で教わることなんてあるかい？」

「ないよ、おばあちゃん、まったく何もないよ」

まもなく、一通の封書《ふうしょ》が届いた。おばあちゃんが訊ねる。

「何が書いてあるんだい？」

「おばあちゃんがぼくらの保護者である、ぼくらは学校に出席しなければならない、そう書いてあるよ」

おばあちゃんは言う。

「その手紙、燃やしておしまい。わしは字が読めないし、おまえたちも読めない。誰も、その手紙は読まなかったんじゃ」

ぼくらは封書を燃やした。が、まもなく、二通目が届いた。それには、もしぼくらが学校へ行かないと、おばあちゃんが法律にしたがって罰せられる、と書かれている。

ぼくらは、この封書も燃やす。おばあちゃんに言う。

「おばあちゃん、ぼくらの一人は目が見えないし、もう一人は耳が聞こえないってこと、忘れないでね」

数日後、ひとりの男がぼくらの家を訪れた。彼が言う。

「私は初等教育視学《しがく》官です。お宅には、義務教育年齢のお子さんが二人いますね。この件で、すでに二通の警告がお手元に届いたはずです」

おばあちゃんは言う。

「手紙のことですか？　わしは、字が読めないんですよ。子供たちも同じことでね……」

ぼくらのうちの一人が言う。

「この人、誰だい？　何と言ってるんだ？」

「字を読めるかどうか、訊ねているんだ。どんな様子の人だい？」

「背の高い人だ。おっかなそうな顔をしている」

ぼくらは、いっしょに叫ぶ。

「出て行って！　ぼくらを、いじめないで！　殺さないで！　誰か、助けて！」

ぼくらはテーブルの下に隠れる。視学官が、おばあちゃんに問う。

「この子たち、どうしたんですか？　どうしてこんなに怯《おび》えるんですか？」

おばあちゃんが言う。

「おお、かわいそうに！　この子たち、誰に会っても怖がってしまうのでねえ！〈大きな町〉で、惨《むご》い目に遭ったんですよ。そのうえ、一人は目が見えなくて、もう一人は耳が聞こえないんです。耳が聞こえないほうは目の見えないほうに、見えるものを話して聞かせなくちゃならないし、逆に目の見えないほうは耳の聞こえないほうに、唇の動きを読ませて、聞こえるものを説明しなくちゃなりません。そうでもしないと、この子たちにはね、およそ物事の見当がつかないんです」

テーブルの下にもぐって、ぼくらは喚《わめ》く。

「助けて！　助けてくれ！　爆発するよ！　爆音で、鼓膜が破れるよう！　稲妻で、目が潰れるよう！」

おばあちゃんが解説する。

「誰かに怯えると、この子たち、ありもしないものを見たり、聞いたりするんです」

視学官が言う。

「幻覚症状が出ているんですね。どこかの病院に入れて、治療する必要がありますよ」

ぼくらは、声をいちだんと荒らげて喚く。

おばあちゃんが言う。

「とんでもない！　惨事は、病院で起きたんですから。この子たち、その頃病院で働いていた母親に会いに行ったんです。爆弾がその病院に落ちたとき、ちょうど居合わせましてねえ、大勢の怪我人や死人を見ちまったんです。この子たち自身、何日間も昏睡状態だったくらいなんですよ」

視学官が言う。

「幼いのに、哀れなことですね。この子たちの両親はどこにいるんですか？」

「死んじまったのか、行方が知れないだけなのか。どうしたら、分かるものやら……」

「この子たちをお引き取りになって、たいへんなご負担でしょうね」

「仕方ありませんでしょう。なにせ、この子たちにゃ、わししかいないんですから」

立ち去り際に、視学官はおばあちゃんの手を握る。

「健気《けなげ》なご婦人だ。感心しました」

ぼくらのもとに三通目の封書が届いた。それには、ぼくらは身体障害者であるため、また精神的損傷を受けているため、通学義務を免除される、と書かれていた。

おばあちゃん、葡萄畑を売る

ひとりの将校がおばあちゃんの家にやって来て、葡萄畑を売れと言う。軍隊が、おばあちゃんの地所に、国境警備兵用の建物を建てる意向らしい。

おばあちゃんが問う。

「売るとしたら、あんたがた、わしへの支払いは何でしてくれるのかね？　お金には、何の価値もないよ」

将校が言う。

「あなたの地所と引きかえに、お宅に水道と電気を設置しましょう」

おばあちゃんは言う。

「わしにゃ、電気も水道も要らないよ。これまでずっと、そんなものなしで暮らしてきたんじゃ」

「われわれは、何の代償も提供せずに、あなたの葡萄畑を接収することもできるんですぞ。実際、われわれの提案があなたに受け入れていただけない場合には、そうすることになるんです。軍隊が、あなたの地所を必要としている。この際、あなたの愛国者としての義務は、地所を軍隊に譲ることですよ」

　おばあちゃんが口を開いて何か言おうとするが、それを遮って、ぼくらが発言する。

「おばあちゃん、おばあちゃんは年を取ってるし、もう無理はきかないよ。葡萄畑の世話は重労働だけど、それでいて、ほとんど何の儲けにもつながらないよね。ところが、水道と電気がつけば、おばあちゃんの家の値打ちはぐっと上がるよ」

　将校が言う。

「お孫さんのほうが利口だね、おばあちゃん」

「そりゃもうね、あんた、そのとおりなんだよ！　だから、この子たちと掛け合っとくれ。子供たちが決めりゃいいわ」

　将校が言う。

「しかし、あなたの署名がいるんです」

「署名なんか、何にだってしますよ。どうせね、わしは字も書けないんだし……」

　おばあちゃんは泣き出す。立ち上がる。ぼくらに言う。

「おまえたちに任せるよ」

彼女は、葡萄畑へ行ってしまう。

将校が言う。

「よほど葡萄畑が好きなんだなあ……、かわいそうなばあさんだ。さて、話は決まったね？」

ぼくらは、改まった口調で言う。

「あなたご自身が確認なさったとおり、彼女にとって、あの地所は、心の拠《よ》りどころとして大きな価値を持っています。そうである以上、まさか軍隊は、一人の哀れな老婆から、彼女が額に汗して獲得した地所を、しかるべき補償もなしに取り上げようなどとはしないでしょうね。ましてその老婆は、われわれの英雄的な〈解放者たち〉の国の出身なのですから」

将校ははっとする。

「あっ、そうなの？　彼女の出身は……」

「そうですよ。彼女は、〈解放者たち〉の言葉を完璧に話します。ぼくたちも同様です。ですから、あなたがもし職権濫用されるおつもりならば……」

将校は慌てて言う。

「とんでもない、とんでもない！　何が欲しいんだね？」

「水道と電気のほかに、浴室を設置していただきたい」

「なんだ、それだけならお安いご用さ！　で、どこに欲しいんだい、風呂場は？」

ぼくらは彼を、ぼくらの部屋に案内し、ぼくらが風呂場にしたいと思っている場所を示す。

「ここに、ぼくたちの部屋に面して。広さは、七、八平方メートル。嵌め込み式の浴槽、洗面台、シャワー、湯沸かし器、トイレ」

彼はぼくらを、長い間じっと見る。それから、言う。

「取り付け可能だよ」

ぼくらが言い足す。

「ラジオの受信機もいただきたいと思います。うちにはラジオがありませんし、高くてとても買えないのです」

彼が訊ねる。

「それで全部かい？」

「はい、全部です」

彼は笑い出す。

「きみたち用の風呂場とラジオ、承知したよ。しかしまあ、私としちゃ、きみたちのおばあちゃんと交渉したほうが得策だったなあ」

おばあちゃんの病気

ある朝、おばあちゃんが寝室から出てこない。ぼくらがドアをノックしても、声を出して呼んでも、返事がない。

ぼくらは家の裏手へ回る。思い切って窓ガラスを割り、おばあちゃんの寝室に入る。おばあちゃんは、ベッドに寝ていて動かない。しかし呼吸はしているし、彼女の心臓は鼓動している。ぼくらのうちの一人が彼女の傍らに残り、もう一人が医者を呼びに行く。

おばあちゃんの診察を終えて、医者が言う。

「きみたちのおばあちゃんはね、卒中の発作で、脳出血を起こしているんだ」

「おばあちゃん、死ぬんですか？」

「それは分からぬ。この人、年は取ってるが、心臓はしっかりしている。この薬を日に三回与えなさい。それとね、誰か、彼女に付き添って世話をする者が必要なんだが

「……」

ぼくらが言う。

「おばあちゃんの付き添いは、ぼくらがします。どんな世話をすればいいんですか？」

「食べさせてあげ、体を洗ってあげるのさ。おそらく彼女の体は、永久に麻痺したままになるだろうから」

医者は去る。ぼくらは野菜のピュレを作り、小さなスプーンで、おばあちゃんに食べさせる。

夕方、おばあちゃんの寝室がむやみに臭い。彼女の毛布をめくり上げると、藁布団が糞便にまみれている。

ぼくらは藁を求めて一軒の農家へ走り、ついでに、幼児用のゴムパンツとおむつを買う。

おばあちゃんの服を脱がせる。ぼくらが浴槽代わりにしている盥《たらい》に彼女を入れて、体を洗う。清潔な寝床を用意する。おばあちゃんは極度に痩せているので、幼児のパンツがぴったり合う。ぼくらは一日に何回も、彼女のおむつを替える。

一週間後、おばあちゃんは手を動かしはじめた。そして、ある朝、彼女はぼくらを罵詈雑言《ばりぞうごん》で迎えた。

「牝犬の子！　雌鶏を焼かんか！　あんな生野菜だのピュレだので、いったいどうやって力をつけろっていうんだい？　わしゃ、山羊の乳も欲しいよ！　おまえたち、わしの病気の間も万事怠りなくやったろうね！」

「もちろんさ、おばあちゃん、万事怠りないよ」

「わしが起き上がるのに、早く手を貸さんか、ろくでなし！」

「おばあちゃん、寝てなきゃいけないよ、お医者さんがそう言ったんだから」

「医者だと、あれが医者だと！　なんという馬鹿者じゃ！　体が永久に麻痺したままになるだろうだって！　わしゃ、あの男に見せてやるわい、わしがどんなふうに麻痺したままになるか！」

ぼくらは、彼女が起き上がるのを助け、付き添って台所へ行き、彼女を長椅子に坐らせる。雌鶏が焼けると、彼女は独りで食べる。食事のあと、彼女が言う。

「何をぐずぐずしているんだい？　わしに、頑丈な杖を一本作っておくれ。さっさとおし、怠け者、わしゃ、万事順調かどうか見て回りたいんだよ」

ぼくらは森へ走る。適当な木の枝を見つける。そして、おばあちゃんの見ている前でその枝を削り、彼女の体に合った寸法の杖を作る。おばあちゃんは杖をひったくり、ぼくらを脅《おびや》かす。

「承知しないからね、もし、何かなおざりになっていたりしたら！」

おばあちゃんは庭に出る。ぼくらは少し離れて追って行く。おばあちゃんは厠《かわや》に入る。厠でぶつくさ言うおばあちゃんの声が、外まで漏れてくる。

「パンツ！　なんという考えじゃ！　あの子らと来たら、冗談にも程があるわい！」

おばあちゃんが家の中に戻ってから、ぼくらは、厠を見に行った。彼女の捨てたパンツとおむつが、穴の中に見えていた。

おばあちゃんの宝物

ある夜、おばあちゃんが言う。

「ドアと窓を全部、しっかり閉めておくれ。おまえたちに話したいことがあるんだけど、人に聞かれたくないからね」

「この近辺を通りがかる人なんていやしないよ、おばあちゃん」

「国境警備兵が方々うろついていること、おまえたちも知らないわけじゃなかろうに。しかも、あの連中ときたら、遠慮なく立ち聞きするんだよ。紙と鉛筆を取っておいで」

ぼくらが問う。

「字を書きたいの、おばあちゃん？」

おばあちゃんが怒鳴る。

「言うとおりにせい！　つべこべ質問していないで！」

ぼくらは窓とドアを閉め、紙と鉛筆を持ってくる。おばあちゃんはテーブルの向こう側に腰掛け、紙片に何か描く。そして、囁《ささや》くように言う。

「ほらこれが、わしの宝物のある場所じゃ」

彼女がぼくらに、紙片を差し出す。その紙片には、一つの長方形と、一つの十字と、その十字の下に一つの円が描かれている。おばあちゃんが問う。

「分かったかい？」

「うん、おばあちゃん、分かったよ。だけどぼくら、前から知っていたんだ」

「何だって、おまえたち、何を前から知っていたんだい？」

ぼくらは、声をひそめて答える。

「おばあちゃんの宝物が、おじいちゃんのお墓の十字架の下にあるってことさ」

おばあちゃんは、いっとき黙りこむ。それから、言う。

「そうじゃないかと、疑うべきだったよ。だいぶ前から知っていたのかい？」

「ずっと前からだよ、おばあちゃん。おばあちゃんがおじいちゃんのお墓の世話をしているところをぼくらが見た、あの日からさ」

おばあちゃんは、ひとつ大きく息をする。

「やれやれ、いら立っても何の益もないわい。どっちみち、全部おまえたちのものなんだし……。この頃ではおまえたちもすっかり知恵者になったから、どう使えばいいかも分かるじゃろ」

ぼくらが言う。

「今のところ、たいした使い道はないね」

おばあちゃんが言う。

「ふむ、ないとも。そのとおりじゃ。待たにゃならん。おまえたち、待てるかい？」

「うん、おばあちゃん」

ぼくらは、三人とも、顔を見合わせて沈黙する。おばあちゃんが、おもむろに言い出す。

「話は、まだ終《しま》いじゃないよ。今度わしに発作が起きるときのことなんじゃが、行水だの、パンツだの、おむつだの、わしは真っ平ご免だからね、このことを覚えておいておくれ」

おばあちゃんは立ち上がる。棚の上にたくさん並んでいる広口びんの間を探る。小さな青いびんを手に、席に戻る。

「くだらない医薬の代わりに、今度のときはこのびんの中身を、わしの飲む最初のミルクの中に入れておくれ」

ぼくらは返事しない。おばあちゃんが怒鳴る。

「分かったのかい、牝犬の子！」

ぼくらは返事しない。おばあちゃんが言う。

「おまえたち、やっぱりガキだね、おおかた解剖の場合を考えてびくびくしているんじゃろ？ 解剖なんてされないよ。老婆が二度目の発作のあと死ぬんだもの、誰もわざわざ事をめんどうになんかしやしないよ」

ぼくらが言う。

「ぼくら、解剖のことを考えて臆病になっているわけじゃないよ、おばあちゃん。ただ、おばあちゃんがまたもう一度、立ち直るかもしれないと思うんだ」

「いいや。この次はもう回復しない。わしには、分かっているんだよ。だから、早いとこ、けりをつけなきゃならんのじゃ」

ぼくらは口を噤《つぐ》んでいる。と、おばあちゃんは泣き出す。

「体が麻痺するってどんなことか、おまえたちは知りゃせん。何でも見える、何でも聞こえる、それでいて動けないんだよ……。そんなちょっとした手助けもしてくれることができないなんて、おまえたち、恩知らずだよ。ああ、わしは、懐《ふところ》で蛇を温めたようなもんじゃ」

ぼくらが言う。

「泣きやんでよ、おばあちゃん。ぼくら、やってあげるよ。おばあちゃんがほんとうにそう望むなら、やってあげるよ」

おとうさん

外は雨なので、ぼくらは三人揃って台所で仕事をしていた。そこへ、ぼくらのおとうさんが現れた。

おとうさんは、戸口の前に、腕組みし、脚を開き、突っ立っている。彼が問う。

「私の女房はどこだ？」

おばあちゃんが、皮肉をこめて言う。

「ほう！　あの娘《こ》には、ほんとに亭主がいたんだねえ」

おとうさんが言う。

「そうさ、私はあんたの娘《むすめ》の夫だ。そしてその二人は私の息子だ」

彼はぼくらを見て、つけ加える。

「おまえたち、大きくなったな。しかし、変わってはいないようだ」

おばあちゃんが言う。

「わしの娘《むすめ》、つまりあんたの女房が、この子たちをわしに預けたんだよ」

おとうさんは言う。

「誰かほかの人に預けたほうがよかったのにな。彼女はどこだ？　外国へ行ってしまったと聞いたんだ。ほんとうか？」

おばあちゃんが言う。

「そういうのは昔のことじゃ。あんた、今頃までどこにいたんだね？」

おとうさんが言う。

「戦争捕虜で囚われていたんだ。今は自由になったんだから、妻を見つけたい。どんなことでも、やい老いぼれ魔女、私に隠そうなんてするんじゃないぞ」

おばあちゃんが言う。

「あんたの子供たちの面倒を見てやったのはこのわしなのに、あんたのその感謝の態度、ずいぶんと感じがいいねえ」

おとうさんが怒鳴る。

「私の知ったことか！　妻はどこだ？」

おばあちゃんが言う。

「あんたの知ったことじゃないというのかね？　あんたの子供たちと、わしのことは？　そうかい、そんなら、あの娘《こ》がどこにいるのか、あんたの女房がどこにいるのか、今から教えてやるよ！」

おばあちゃんは、庭に出る。ぼくらも、あとに続く。おばあちゃんは杖で、ぼくらがおかあさんのお墓の上に作った四角い花壇を指し示す。

「ほら！　ここじゃ、あんたの女房がいるのは。この土の下じゃ」

おとうさんが問う。

「死んだのか？　どうして？　いつ？」

「死んだんだよ。砲弾にやられてね。終戦の数日前のことじゃった」

おとうさんが言う。

「死者を勝手な所に埋葬することは、禁じられているぞ」

おばあちゃんが言い返す。

「あの娘《こ》が死んだその場所に埋めたんじゃ。しかも、勝手な所なんかじゃないわい。わしの庭なんだから。あの娘の小さかった頃は、あの娘の庭でもあったんだよ」

おとうさんは、雨に濡れた花々をじっと見ている。彼が言う。

「彼女を見たい」

おばあちゃんが言う。

「あんた、それはよしたほうがいいよ。死んだ者はそっとしておいてやるべきじゃ」

　おとうさんは言う。

「とにかく、墓地に葬らなくちゃならん。法律でそう決まっているんだ。シャベルを貸してくれ」

　おばあちゃんは、首をすくめる。

「シャベルを取っておいで」

　降りしきる雨の中、ぼくらは、おとうさんがぼくらの小さな花壇を壊すのを見ている。彼が地面を掘るのを見ている。彼は掘り進んで、毛布のあるところまで達する。毛布を剝ぎとる。一体の大きな骸骨がそこに横たわっていて、その胸部には、非常に小さな骸骨がくっついている。

　おとうさんは問う。

「これは何だ、この、彼女の上に載っているのは？」

　ぼくらが言う。

「赤ん坊だよ。ぼくらの妹さ」

　おばあちゃんが声をかける。

「だからわしが言ったんだよ、死人はそっとしておいてやれって——。台所へ来て、手を洗うがいいよ」

おとうさんは返事をしない。骸骨を見つめている。顔が、汗と、涙と、雨に濡れている。彼は穴からやっとの様子で這い出し、両手と服を泥だらけにしたまま、ふり返りもせず、行ってしまう。

ぼくらは、おばあちゃんに問う。

「どうしようか？」

おばあちゃんが言う。

「穴をもう一度塞《ふさ》ぐんじゃ。そうするしかあるまい？」

ぼくらが言う。

「家の中に入って暖まりなよ、おばあちゃん。この始末はすべて、ぼくらが引き受けるから」

おばあちゃんは家に入る。

ぼくらは毛布を使って、骸骨を屋根裏部屋に運ぶ。骨が乾くように藁の上に並べる。それから下に降り、もう中には誰もいなくなった穴を埋める。

そののち、何カ月もかかって、ぼくらは、ぼくらのおかあさんと赤ん坊の頭蓋骨とそのほかの骨を磨いた。骨の表面にニスを塗った。そして、ばらばらの骨を細い針金でつなぎ合わせ、入念に骸骨を復元した。作業が終わると、ぼくらは、おかあさんの骸骨を屋根裏部屋の梁に吊《つ》るし、その首に、赤ん坊の骸骨を引っ掛けた。

おとうさんの再訪

ぼくらがおとうさんに再会したのは、数年後のことだ。

それより先、おばあちゃんが二度目の発作に見舞われ、ぼくらは、本人に頼まれていたとおり、彼女が死ぬのを手助けした。おばあちゃんは、今では、おじいちゃんと同じお墓に埋葬されている。人びとがそのお墓の蓋を開ける前に、ぼくらはそこから宝物を取り出し、ぼくらの部屋の窓の前のベンチの下、銃と弾丸と手榴弾がまだそこにある、あの場所に隠したのだ。

ある夜、おとうさんがやって来て、問う。

「おまえたちのおばあちゃんは、どこにいる？」

「おばあちゃんは、死んじゃいました」

「おまえたちだけで生活しているのか？　どうやって切り抜けているんだい？」

「とても上手《うま》くやっていますよ、おとうさん」

彼が言う。

「私は人目を忍んでここまで来た。おまえたちに助けてもらいたいんだ」

ぼくらが言う。

「何年もの間、近況を知らせてくれませんでしたね」

彼はぼくらに、両手を見せる。爪がなくなっている。根もとから無理やり引き抜かれたのだ。

「刑務所から出てきたんだ。拷問に掛けられたのさ」

「どうしてまた？」

「知らん。理由なんか、全然ないんだ。とにかく私は、政治的に疑わしい男、ということなのだよ。自分の職業を営めない、絶えず挙動を監視されている、定期的に家宅捜索される、これ以上この国で生きて行くことは、私には不可能だ」

ぼくらが言う。

「国境を越えたいんですね」

彼が言う。

「そうなんだ。おまえたち、この地で暮らしている以上、事情に、状況に通じているはずでは……」

「ええ、ぼくらは、この近辺のことには通じていますよ。国境は越えられません」

おとうさんは、うなだれる。自分の手を、しばらく見つめる。それから、言う。

「どこかに隙《すき》があるにちがいない。通り抜けるための手段が、何かあるにちがいない」

「命の危険を冒しても、というのなら、手段は確かにあります」

「私は、この国に残るくらいなら、死んだほうがましだと思っている」

「決心は、事柄を熟知したうえでしなくちゃいけませんよ、おとうさん」

彼が言う。

「話を聞こう」

ぼくらは説明する。

「まずぶつかる難題、それは、警邏《けいら》隊に出喰わさず、監視塔からも見られず、最初の鉄条網まで辿り着くことです。これはしかし、可能です。警邏隊の通る時刻と、監視塔の位置を、ぼくらは知っていますから。鉄条網の柵は、高さ一メートル半、幅一メートルです。二枚の長い板を用意しなければなりません。一枚は、柵の上によじ登るため、もう一枚は、柵の上に置いて、その上に立つためです。もしバランスを失ったら、張りめぐらされた針金の間に落ちて、もう外へは出られませんよ」

おとうさんが言う。

「私は、バランスを失ったりはしないよ」

ぼくらは、言葉を続ける。

「二枚の板のことですが、一度使ったあと、拾って進む必要があります。七メートル先にあるもうひとつの柵を一つ目と同じやり方で越えるためにね」

おとうさんは笑う。

「そんなことなら、子供の遊び同然だよ」

「ええ、しかし二つの柵の間には、地雷が仕掛けられていますよ」

おとうさんは蒼《あお》くなる。

「……それじゃ、どうしても無理だな」

「いいえ、運の問題です。地雷はジグザグに、Wの形に配置されているんです。二つの柵の間を直角に真っ直ぐ横切るとすれば、踏んでしまう可能性のある足元の地雷は一個だけです。大股で歩くなら、およそ七分の一の確率で地雷を避けられるわけです」

おとうさんは、しばし考え込んだ上で言う。

「その危険を覚悟するよ」

ぼくらが言う。

「それならば、ぼくら、進んで手助けしたいと思います。一つ目の柵までいっしょに行きますよ」

おとうさんが言う。

「合意成立だ。ありがとう。もしかして、何か食べるものはないだろうか？」

ぼくらは、パンに山羊のチーズを添えて、彼に出す。おばあちゃんの昔の葡萄畑の収穫からつくられた葡萄酒も、サービスする。彼のグラスに、かつておばあちゃんがそれは上手に薬草で調合していた睡眠薬を、数滴たらす。

ぼくらはおとうさんを、自分たちの寝室に案内する。

「おやすみなさい、おとうさん。ぐっすり眠ってください。明日は、ぼくらが起こしてさしあげます」

ぼくらは台所に行って、L字形の長椅子の上で寝る。

別離

翌朝、ぼくらは非常に早い時刻に起き、おとうさんが熟睡しているのを確認した。

まず、四枚の板を用意する。

おばあちゃんの宝物を土の中から掘り出す。金貨や、銀貨や、たくさんの宝石だ。その大半を、亜麻布の袋に入れる。一人一個、手榴弾も身につける。警邏《けいら》隊に不意に発見された場合のためだ。警邏隊を片づけることで時間が稼げるにちがいない。

最適の地点、すなわち二つの監視塔の死角を見つけるため、国境付近をひと回り偵察する。その最適の地点に立っている一本の大木の根元に、亜麻布の袋と二枚の板をカムフラージュする。

家に帰る。食事をする。しばらくのち、おとうさんに朝食を運ぶ。ぼくらに揺すぶられて初めて、おとうさんは目醒める。おとうさんは目をこすり、言う。

「こんなによく眠ったのは久しぶりだ」

ぼくらが、お盆を彼の膝の上に置く。彼が言う。

「すごいご馳走だなあ！　ミルク、コーヒー、卵、ハム、それにバターとジャム！　こんなもの、〈大きな町〉じゃ、まず見つからんぞ。おまえたち、どうして手に入れるんだい？」

「ぼくら、働いていますから。さあ、食べてください、おとうさん。時刻が迫っているので、これがおとうさんの出発前の最後の食事になりますよ」

彼が問う。

「今晩決行なのかい？」

ぼくらは言う。

「今すぐ決行です。おとうさんの支度ができ次第」

彼が言う。

「おまえたち、血迷っているんじゃないか？　あの糞いまいましい国境を真っ昼間に越そうなんて、私は断るぞ！　見つかるに決まっている」

ぼくらが言う。

「われわれの側でもまた、見る必要があるんですよ、おとうさん。夜中に国境を越そうとするのは、愚鈍な連中だけです。夜は、警邏隊の巡回頻度が四倍になるし、国境地帯は、サーチライトに絶え間なく照らされるんですよ。それに対して、午前十一時頃には、警戒が緩《ゆる》むんです。国境警備兵たちは、そんな時刻に越境を試みるほど血迷った者はいないと思い込んでいるんです」

おとうさんが言う。

「おまえたちの言うのが、きっと正しい……。おまえたちを信用するよ」

ぼくらが問う。

「食べていらっしゃる間に、おとうさんの服のポケットを調べてもいいですね？」

「私のポケットを調べるって？　どうしてだい？」

「おとうさんの身元が人に知られるようでは、困るんです。もし、おとうさんに何かあって、おとうさんがぼくらの父親であることが知れると、ぼくらは共犯関係を咎められるでしょうから」

おとうさんが言う。

「おまえたち、抜かりなく、あらゆるケースを想定するんだなあ」

ぼくらは言う。

「ぼくら、わが身の安全を考えざるを得ないんです」

ぼくらは、彼の衣服を調べる。私的な書類、身分証明書、住所録、汽車の切符、請求書の類、おかあさんの写真、を抜き取る。全部、台所の竈《かまど》で焼く。写真だけは別だ。

十一時、出発する。ぼくらは、それぞれ一枚、長い板を抱《かか》えている。

おとうさんは手ぶらだ。ぼくらが彼に求めるのは、できるかぎり音を立てずにぼくらのあとに随《つ》いて来ることだけだ。

国境付近に到着する。ぼくらはおとうさんに、例の大木の後ろに身を伏せ、もう動かないでいるように言う。

まもなく、ぼくらから数メートルの所を、二名構成の警邏隊が通る。隊員の話すのが聞こえる。

「今日は何が食えるかなあって思うぜ」

「いつもの糞に決まってるさ」

「糞にもいろいろあるじゃないか。昨日《きのう》のやつは反吐《へど》が出そうだったけど、ときどきは旨《うま》いのが出るじゃないか」

「旨いだと？　おまえ、おれのおふくろのスープを飲んだことがあったら、そうは言わんだろうよ」

「おまえのおふくろさんのスープなんて、もちろん飲んだことないよ。おふくろって、おれにはな、生まれてこのかた、片時もいたことがないんだ。おれはつまり、糞しか食ったことがないわけさ。ところが軍隊にいりゃ、少なくとも、おれもときどきはまともなものにありつけるから……」

警邏隊は遠ざかる。ぼくらが言う。

「さあどうぞ、おとうさん。次の警邏隊がここに着くまでに、二十分あります」

おとうさんが二枚の板を脇に抱える。前方へ進む。板を一枚、柵に立てかける。よじ登る。

ぼくらは、大木の後ろに、腹這いになって伏せている。両手で、両耳を塞いでいる。口は開けている。

爆発が起こった。

ぼくらは、別の二枚の板と亜麻布の袋を持って、鉄条網まで走る。

おとうさんは、二つ目の柵の近くに横たわっている。

そう、国境を越すための手段が一つある。その手段とは、自分の前に誰かにそこを通らせることだ。

手に亜麻布の袋を提《さ》げ、真新しい足跡の上を、それから、おとうさんのぐったりした体の上を踏んで、ぼくらのうちの一人が、もうひとつの国へ去る。

残ったほうの一人は、おばあちゃんの家に戻る。

訳 註

この作品では、物語の舞台が歴史的にも地理的にも特定されていない。というより、明らかに作者が、それを特定することを意図的に避けている。しかし、それにもかかわらず、この作品の物語は大枠において、作者自身を含む多くの人びとの記憶に今日なお生々しい、二十世紀中頃の中部ヨーロッパの歴史的事実にまぎれもなく対応している。作品を歴史に還元するためではなく、作品生成の出発点となった歴史に多少の目配りをするために、以下、若干の訳註を付け加える。

(註1) この小説全体の内容と、著者アゴタ・クリストフがハンガリーの出身であることとを考え合わせれば、〈大きな町〉はもともとハンガリーの首都ブダペストを念頭において設定されたと考えるのが妥当だろう。

(註2) 訳者が著者から直接聞いたところによれば、〈小さな町〉のモデルとなったのは、ハンガリーのオーストリア国境近くに実在するクーセグという田舎町である。

(註3) 双子の少年たち(「ぼくら」)の疎開先である〈小さな町〉が註2に挙げたクーセグであるならば、ここで言及されている「国境」とはドイツ第三帝国の一地方にすぎなかった頃(一九三八年春から四五年春まで)のオーストリアとの境界線であり、「もうひとつの国」とは当時のドイツにほかならぬことが、物語を読み進めるうち早々に明らかになるだろう。

(註4) ここでは、第二次世界大戦下、ドイツ軍がハンガリー国内で自由に進軍し、駐留し、ついには国全体を占領したという事実を想起しないわけにいかない。その史実に照らせば、「おばあちゃんの家」の一室に住んでいる「外国の軍隊の将校」はドイツ軍の将校だということになる。

(註5) 「従卒」の祖国は、「将校」の場合同様ドイツ(またはドイツに併合されていた当時のオーストリア)と考えられるから、本文のこの部分は次の史実を思い出させる。第二次世界大戦のとき、ハンガリーは、ハンガリー政府の同意なしに国内に入ったドイツ軍の圧力に屈し、ソ連に宣戦を布告(一九四〇年六月二十七日)、ドイツの東方戦線への動員を強いられた。一九四二年以降は、戦線から離脱するために連合国側との単独和平を望んだが、かえってドイツ軍による国土占領の事態を招き(一九四四年三月十九日)、傀儡政権を押しつけられた。

(註6) 右腕を前方斜め上に挙げて伸ばす、ナチ党員とその賛同者たちが常用した敬礼であ

ろう。

（註7）この「靴屋」はユダヤ人であるにちがいない。一九三〇年代から第二次世界大戦でのドイツの敗北まで、ユダヤ人がドイツの戦争遂行に平行して――しかしそれとは別個に――ナチスの組織的な迫害の対象となったことは、よく知られているとおりである。

（註8）ここで言及されている「新兵器」としては、ドイツが第二次世界大戦中に開発に成功し、大戦末期に大量使用した地対地長距離ミサイルV2を想起するのが自然だ。V2は現代の弾道ミサイルの先駆で、一トンの爆薬を積載して三五〇キロ離れた地点に達することができたが、命中率はかなり低かった。ドイツ軍は大戦末期にロンドンやアントワープ（ベルギー）に向けてこのミサイルを大量に発射し、連合国側に多大の損害を与えたものの、それによって戦局をくつがえすには到らなかった。

（註9）この箇所も、「従卒」の祖国をドイツ（またはドイツに併合されていた当時のオーストリア）、「ぼくら」のそれをハンガリーとして読めば、史実に合致する〔註5参照〕。もっとも、ある国家が他国ないし他国民を自国の戦争に強制的に参加させた事例は、いうまでもなく、当時のドイツとハンガリーの関係にとどまらない。

（註10）ヨーロッパ、とりわけ中部ヨーロッパの現代史に照らすなら、これはまぎれもなく、第二次世界大戦の折り、強制収容所へ大量連行されたユダヤ人（およびジプシー）の列である。

（註11）ここで「老紳士」が救おうとしている「女の子」の境遇は、第二次世界大戦当時のヨーロッパ大陸において、多くのユダヤ人少年少女が共有した境遇だ。当時、ナチスとその協力者たちによるユダヤ人迫害は、子供にも、幼児にも及んでいた。ヒトラー的民族差別の論理によれば、あらゆるユダヤ人は、ユダヤ人に生まれたというただそれだけの理由で抹殺されなければならなかったからである。

（註12）第二次世界大戦において、ハンガリーを含むヨーロッパ東部及び中部の戦域でドイツ側の勢力を打ち破ったのはソ連軍である。したがって、本文のこの箇所で「ぼくらの国に進駐し、ぼくらの味方だと称している外国の軍人たち」といわれているのをドイツ兵と見做す場合、「近いうちにこの町にまで進軍してくるであろう、そして戦争に勝つであろう軍人たち」は、ソ連の赤軍兵士たちを指していることになる。

（註13）註5に略記したとおり、ハンガリーは第二次世界大戦には同盟国側について参戦したのだったが、これに反対する国内左翼勢力が一九四四年十二月に独立ハンガリー国民戦線を結成、同十二月二十一日には臨時政府を指名し、一九四五年一月二十日、モスクワで連合国側と休戦協定を結んだ。したがって、本文のこの箇所にいう「向こう側」とは連合国側、より限定的にはソ連側、「彼ら」とは赤軍を指しているものと解釈できる。

（註14）註1参照。ブダペストが、一九四四年十一月一日からこの都市を包囲したソビエト赤軍と、これを死守せんとしたドイツ・ハンガリー同盟軍との熾烈きわまる攻防の末、

赤軍のもとに陥落したのは一九四五年二月十三日である。

（註15）〈大きな町〉がブダペストであるなら、〈大きな河〉は当然、ドナウ河と考えられる。

（註16）第二次世界大戦中、このような方法で、あるいはガス室に閉じこめられて、五百万人以上のユダヤ人がナチスによる計画的集団殺戮「ジェノサイド」の犠牲となった。今日「ショア」とも呼ばれるようになった悲劇にほかならない。

（註17）前後の文脈から明らかなように、ここに登場した兵士たちは、作中の「おばあちゃん」が「わしらの味方、同胞」と断言し（「警報」の章）、「おばあちゃん」の家に匿われた少女が同じ年頃の友人グループとともにその到着を待望していた（「ぼくらの従姉とその恋人」の章）「解放」勢力の兵士たちである。ところで、第二次世界大戦末にハンガリーをドイツの占領から「解放」したのはソ連軍だ。その史実に照らせば、「おばあちゃん」の母語はロシア語で、彼女はロシア語圏、おそらくは帝政ロシアの出身と考えられる。

（註18）ここでも物語の背景に第二次世界大戦末期から戦後にかけてのハンガリー情勢を見るならば、「新しい外国軍」とはソ連の赤軍のことである。

（註19）この箇所もまた、アゴタ・クリストフの母国ハンガリーのそう遠くない過去の現実を諷刺的に思い起こさせずにはいない。というのは、第二次世界大戦後のハンガリー各

地には、本作品で皮肉をこめて〈解放者たち〉と称せられている人びとの祖国たるソビエト連邦の国旗が事実誇らしく翻っていただろうし、スターリンの肖像写真も数多く掲げられていたにちがいないからだ。また、そうした象徴の次元のみならず、現実の次元でも、ソ連軍の存在は当時のハンガリーの政治状況の推移のなかで、すなわち小市民および農民層を基盤とする穏健派政党の勝利した戦後初の総選挙（一九四五年十一月四日）から共産主義者――スターリニスト――たちが権力を完全掌握した一九四九年に到るまでの動きのなかで、単なる影響力というにはあまりにも決定的な役割を果したのだったからである。

解説（訳者あとがき）

堀 茂樹

●物語

時代は第二次世界大戦末期から戦後にかけての数年間、場所はおそらく中部ヨーロッパ、その当時ドイツに併合されていたオーストリアとの国境線に近いハンガリーの田舎町。

戦禍はなはだしく飢饉の迫る都会から、ある母親が双生児の息子二人を田舎に住む自分の母親、つまり息子たちの祖母の家に疎開させる。ところが、この祖母は働き者ではあるが文盲で、不潔で、粗野で、そのうえ桁外れの吝嗇《りんしょく》、しかもどうやら夫殺しの過去を引きずっているらしい。近隣の人びとからは「魔女」と呼ばれている。この老婆のもとに預けられた子供二人が強いられる生活は心身の両面で苛酷をきわめる。そのうえ、全体戦争下の人びとの生態が、彼らの眼前に文明と人心の荒廃をいささかの容赦もなく露呈する。が、そうした境遇に圧し潰されるどころか、この双子は持ち前の天才を発揮し、文字どおり一心同体で、たくましく、したたかに生き延びる。労働を覚え、自学自習し、殺伐たる現実から目をそらさず、「冷酷さ」をわがものとし、恐るべき成熟に達していく。やがて終戦となり、少年たちは母親に再会し、さらに父親の訪問をも受けるのだが、（ナチズムのドイツによって）強いられた全体戦争から（スターリニズムのソ連によって）強いられた全体主義体制への移行を背景として、彼らの物語は意外な展開を見せる……。

この間、双子の兄弟は秘密のノートブックに、日々の見聞と体験を、彼ら自身の「非行」の数々と驚くべき成長を、「作文」のかたちで書きつけていく。そのノートが、実はとりもなおさず、ここに訳出した小説『悪童日記』（Agota KRISTOF : *Le Grand Cahier*, Paris, Ed. du Seuil, 1986）なのである。因みに『悪童日記』というタイトルは、作品の内容をより具体的に――そしてやや反語的に――イメージさせることを狙った訳題なのであって、原題の *Le Grand Cahier* は、直訳すれば「大きなノートブック」とでもいった意味であることを断っておこう。

ともあれ、そういうわけで、本書を読むことは、二人の少年主人公が秘密裡にしたため、人目に触れないよう隠しておいた私記を、いわば盗み読みすることに等しい。あるいは、彼らの存在の証《あかし》である生活記録をたまたま掘り出した古文書のように繙《ひもと》くことだといってもいい。あるいはまた、問題のノートブックは全部で六十二の章から成り、個々の章はおおむね一幕の寸劇風に構成されているから、本書は、二人の非凡な疎開児童の私生活情景を一連のスペクタクルとして見せるためのシナリオだともいえる。かくして、私記であるとともにドキュメントでもあり、私生活情景でもあるノートブック＝『悪童日記』の読者は、冒頭から結末までスピーディに展開する物語を追いながら、主人公の双子がどう世界を発見し、彼らがその世界の中で、その世界に対して、どう行動したかを目撃する。いいかえれば読者は、子供たちの「作文」を通して彼らの「生活と意見」に接し、彼らがどんな点で、どれほど「恐るべき子供たち」であったかを知るわけだ（ひいては、彼らの生みの親がいかに恐るべき気骨の持ち主であるかということも痛感するにちがいない）。『悪童日記』とはそんな仕組みの、まことにユニークな小説なのである。

●著者

アゴタ・クリストフは、ハンガリーのオーストリア国境に近い村で一九三五年十月三十日に生まれた。名前は、ハンガリー語でクリシュトーフ・アーゴタ（Kristof A'gota）。クリシュトーフが姓、アーゴタが彼女自身の名である。父親は村でただ一人の小学校教師だった。かなりの読書家でもあったらしい。母親が家のそばの小さな畑を耕していて、家族の食糧の大半はその菜園の作物だったという。兄と弟がいた。小さなアーゴタは、その二人の兄弟と、

『悪童日記』の主人公たちさながら、戦争の真っただ中の野原を駆けまわって遊んだ。ハンガリーは折からの第二次世界大戦で戦場となっていたのである。ましてアーゴタの村は、当時ドイツに併合されていたオーストリアとの国境地帯に位置していたから、森に入ると、ドイツやソ連の兵士の死体が武器弾薬とともに転がっているのを見ることもめずらしくなかった。戦争は、子供にとって長いヴァカンスであるとともに、この上なく暴力的で具体的な死に接する体験であり、飢えのなかで生き延びる年月でもあった。だが、Ａ・クリストフは今日、当時のことを「かなり幸福な子供時代だった」と回顧し、「むしょうに懐かしい」と言っている。やがて終戦。しかし、平和はハンガリーでは、他の東欧諸国でと同様、ドイツとは違うもう一つの大国の傀儡《かいらい》政権の誕生、ナチズムとは違うもう一つの全体主義体制の成立という形を取った。

一九四四年、クリシュトーフ一家は、それまで住んでいた村に近いクーセグという町へ移り住む。このクーセグこそ、『悪童日記』で〈小さな町〉と呼ばれている町であるらしい。アーゴタは十四歳のとき、共産党独裁政権の教育政策に強いられて、女子ばかりの寄宿学校に入学する。それは彼女にとって、家族と別れ、きわめて親密だった兄から引き離されることを意味した。決定的な体験だったようである。Ａ・クリストフ本人の言葉によれば、「そのとき」彼女の内面で「何かが壊れた」のだった。純潔主義に凝り固まったスパルタ式のその学校ではロシア語が正課となっているが、教師もいやいや教えるし、生徒にもやる気がない。むろんアーゴタも進歩しない。好きな学科は数学だけ。一九五〇年代のハンガリーに若者の楽しみは少ない。アーゴタは読書にふける。ロシア文学の古典。また十八世紀フランスのヴォルテール、ルソー……。数学好きの文学少女というところがオリジナルで、今日の彼女の創作活動につながるものを感じさせるが、ともかく彼女は当時、いっぱしの文学少女らしく詩を作ったり、また小戯曲を書いて仲間の少女たちと寄宿舎の大寝室で演じたりした。アーゴタは大学進学の希望にもかかわらず、十八歳の夏、自分の歴史の教師と結婚する。まもなく二十歳の若さで母親となるが、子供を託児所に預けて、彼女は工場で働く。

一九五六年、ハンガリー動乱。アーゴタの夫は反体制の活動家だった。彼女自身は、政治にはあまり関心がなかったという。ソ連の軍事介入で「暴動」が鎮圧され、状況が「正常化」するまでの間に、約二十万のハンガリー人が封鎖の解かれていた国境を越えて西側へ脱出した。そのなかにアーゴタと彼女の夫も混じっていた。生後四カ月の乳飲み子を抱えての逃避行だった。まずオーストリアへ、それからスイスに入る。夫はスイスで、生物学を学ぶための奨学金を得る。片言のフランス語も話せない妻は、ふたたび女工となって時計工場で働く。夢に見た自由の天地の現実は厳しかった。ここでもまた、夕方になると託児所へ子供を迎えに行く日々。極端に切り詰めた生活。住まいは石炭ストーブしかない二部屋。浴室も付いていない。ひっきりなしの機械音の中で早いピッチの労働に服する彼女に、新しい言語を学ぶ余裕は到底ない。二十五歳。自作の詩を、ハンガリーからの亡命者仲間がパリで出していた同人誌に発表。やがて彼女は離婚し、念願の大学に通い、フランス語を学ぶ。それから再婚。スイスの精神風土と社会に違和感を覚えつつも、さまざまの職業につき、一人の息子と二人の娘の母親として、スイスに、ヌーシャテル市に定着する。ハンガリーを訪れることもたびたびだ。そこには母がまだ生きているし、懐かしい兄も、小説家になった弟もいる。だが、彼女の愛してやまない故郷の町クーセグに昔日のおもかげはない。故国は、歴史の中で荒らされてしまった……。

亡命の地に落ち着き、ときどき故国へ帰る。だが、それはアゴタにとって、人生と「和解」し、羽根を休めていわゆる平凡な生活に馴れていくことではなかった。彼女の執筆意欲はいっこうに衰えない。夫と子供たちが寝静まるのを待って、何に駆り立てられてかペンをとる。一九六〇年代まではハンガリー語で書いていたが、七〇年代に入ると、直接フランス語で書きはじめる。ブラック・ユーモアを盛り込んだ彼女の短い戯曲が、ときどき地元のローカル劇団によって演じられたり、ラジオドラマ化されたりする。ペンネームはZaïk（ザイク）。彼女の祖母の名前（苗字）だという。

一九八六年、アゴタ・クリストフは今度は本名（旧姓）を用い、初めて書いた小説を世に問う。原稿を引き受けたのはフランスの名門出版社であるスイユ社で、本書『悪童日記』の原典が一九八六年二月に刊行されたのである。この本がじわじわと読者層に浸透し、出世作となる。フランス語作家協会のヨーロッパ賞の対象となり、翻訳出版の申し込みが相次ぐ。

もちろん、A・クリストフの生活スケジュールは変わった。『悪童日記』の成功後しばらくして、それまで事務員として勤めていた歯科医院を辞め、執筆に専念した。デビュー作からちょうど二年後の八八年二月、続篇 *La Preuve*（『ふたりの証拠』）をやはりスイユ社から発表、『悪童日記』の初版時に倍する反響を得たうえ、これまた各国で翻訳されることになった。この作品によって、彼女の才能が一回かぎりの花火であるどころか、底知れぬものであることが立証されたと言っていい。が、それにもかかわらず彼女は、招待を受けてドイツやカナダへ出かけたりはしたものの、パリの文壇に登場するといったことはなかった。相変わらずヌーシャテルでひっそりと暮らしていた。『悪童日記』に始まる三部作を締めくくる三つ目の作品を書いていたのである。そして、その第三作——そのタイトルも *Le Troisième Mensonge*（『第三の嘘』）——が一九九一年九月に出版された。この作品はフランスの主要文学賞のなかでも特にメディシス賞の本命と目されながら、惜しくも——不当にも！——受賞を逃した。しかしその後、ラジオ放送局が主催し、一般読者の審議と投票によって決するタイプの文学賞「フランス・アンテール賞」に輝いた。パリ文壇のエスタブリッシュメントから敬遠され、一般読者から支持されたのは、この著者にはむしろ似つかわしいことだったかもしれない。

一九九五年六月、A・クリストフはフランス大使館と早川書房の招聘に応じて来日した。滞在期間中、東京新宿の紀伊國屋ホール、東京日仏学院、関西日仏学館などで講演したほか、連日、いくつもの対談、インタビュー、テレビ出演などをひっきりなしにこなした。二週間弱のこの期間のことは、終始付き添って通訳をおこなった筆者の記憶に今なお鮮明なのだが、限界に近いほどの過密スケジュールを組んでも応じ切れぬほど取材の申し込みが多かった。講演会場やサイン会場に溢れんばかりに詰めかけた日本人読者の熱意もまた圧倒的だった。九五年はまた、彼女の四作目の小説 *Hier*（『昨日』）が上梓された年でもある。その後今日までに発表されたA・クリストフの作品は、戯曲集（『灰色の時刻、他』）一冊にとどまる。日本では、本書『悪童日記』を含む小説四作が既訳であり、戯曲も、現存の確認されている計九篇すべてが出版されている（『怪物——アゴタ・クリストフ戯曲集——』『伝染病——アゴタ・クリストフ戯曲集——』）。ただし、戯曲の翻訳は、のちにフランスで出版された戯曲集のテクストからではなく、それ以前の原稿段階のテクストからの翻訳である。

●出版の経緯と反響

前述のとおり、一九八〇年代半ば頃までのアゴタ・クリストフは、文壇からも出版界からも隔絶した環境で暮らしていた。そんな彼女が、初めて書いた小説をフランスでも指折りの出版社から刊行させることに成功したわけだが、それは誰の後押《あとお》しに恵まれたからでもなかった。彼女は単に、亡命後に修得したフランス語での長期にわたる執筆・推敲の末にまとめ上げた『悪童日記』の原稿を、パリの三大文芸出版社といわれるガリマール、スイユ、グラッセの三社に郵便局からいきなり送りつけたのである。数週間後、ガリマール社とグラッセ社が出版を拒絶する返事をしたのに対し、スイユ社では、文芸書編集の責任者ジル・カルパンチエがＡ・クリストフの原稿に目をとめ、嘱託の原稿審査委員に検討させるまでもなく、無修正で本にすることを快諾したのだった。

こうした経緯で日の目を見た『悪童日記』が、無名作家の処女作であるにもかかわらず、また、主要な文学賞のオフ・シーズンに刊行され、なんら特別なプロモーションの恩恵に浴さなかったのにもかかわらず、それ自体の魅力によって、近年フランス語で書かれた小説のうちでは稀なほど多くの読者を獲得したことは注目に値しよう。マス・メディアに流れた情報によれば、フランスでこの作品に注文が殺到しだしたのは、刊行直後より、むしろそれから一年ばかりを経た頃からだったらしい。意外性に満ちた独創的傑作だとの評判がいわゆる口コミで一般読書人のあいだに徐々に浸透したためだろうと、もっぱら説明されている。ついでにいえば、邦訳版『悪童日記』もまた、日本の出版界に何のつながりもなかった筆者が、これまた郵便局からいきなり早川書房に「持ち込み」、それによって一九九一年一月に初版が出たのだが、みるみる売れ行きが上昇したのは刊行後およそ一年を経過した頃からだった。フランス語圏であると日本であるとを問わず、実際に作品と出会った人が周囲の人に伝えてくれる感動ほど、一冊の本のアピールとして確かなものはない。

いずれにせよ、『悪童日記』はこれまでに文字どおり世界中といってもよいほど各国で翻訳されたし、フランスでは、現代文学のアンソロジーなどにも抄録されるまでになっている。日本を含むいくつかの国では演劇化されたり、ラジオドラマになったりもしている。「文学的」レトリック皆無のこの作品は、華やかにもてはやされることこそないものの、ほんとうに多くの読者の胸に食い込んだ国際的ロングセラーといってよいだろう。

●主題

さて、先にも述べたように、『悪童日記』は一風変わった趣向の小説である。少年の日記帳ないし作文帳の体裁をとり、全篇が一種の寸劇の連続から成り立っているような小説は、控え目にいっても珍しいだろう（ジュール・ルナールの『にんじん』に通じるものを感じる読者は少なくないようだが……）。しかし、いかに形式に新趣向を導入しても、中身がともなわぬ小説など、憫笑《びんしょう》を誘うのが関の山であることはいうまでもない。では、『悪童日記』にはどういう中身が詰まっているのか。

この小説は作中人物のアクションに事欠かず、その連鎖をとおしてひとつのストーリーを語っているという点で、俗にいう「面白い」小説の条件を満たしている。それどころか、作者アゴタ・クリストフのストーリー・テラーぶりは並々ならぬものなので、まずそうした面での「面白さ」に舌を巻く読者もけっして少なくはあるまいと思われる。しかしここでは、『悪童日記』の緊密かつ多彩なストーリーが、世界の現実から一時的に目をそらすためではなく、むしろ非情な現実を非情なままに白日のもとに引き出すための仕掛けとして機能していることを確認しておきたい。つまり、A・クリストフの駆使するストーリー性は、純然たるエンターテインメントのそれとは異なるということだ。

ストーリーに沿って展開する各章はしばしば、重いテーマを孕《はら》んだ状況設定になっている。死、安楽死、性行為、孤独、労働、貧富、飢え、あるいはまたエゴイスム、サディスム、いじめ、暴力、悪意、さらには戦争、占領、民族差別、強制収容、計画的集団殺戮《ジェノサイド》など、普遍的なものであれ、歴史的色彩の濃いものであれ、シリアスな問題が物語の随所に仕込まれている。その意味で、『悪童日記』はまさに、二十世紀中部ヨーロッパの悲劇の底辺で人間を見つめようとした作品といえる。もっともA・クリストフは、いずれも底の深いそれらの問題を逐一それ自体として掘り下げようとしたわけでは勿論ない。そのようなことを企てたなら、彼女の作品はよほど長大なものになるか、さもなければ内容の収拾がつかなくて空中分解してしまったことだろう。彼女はそれらの問題を、戦時下に生きる疎開児童の諸々の見聞および体験のテーマとして持ち出し、その限りにおいて小説化したのだ。

かくして本書には、件《くだん》の諸問題を端的に突きつけるような状況が、物語の当事者である少年たち自身の記述というフィクションのなかで、つぎつぎに提示されている。その結果読者は、子供に特有の「無垢」な目をとおして一連の極限状況に出会い、そこにおける少年主人公たちの果断な行動に、大人の良識を破る、子供ならではのひとつの倫理（と著者Ａ・クリストフが考えるもの）の実践に立ち会うこととなる。子供ならではの倫理はショッキングなまでに「過激」であり、「非常識」であって、俄かに是認できるものでないかもしれないが、少なくとも子供っぽい倫理では断じてなく、ひるがえって没倫理とも違う。なぜならそれは、人間の生態を条件づける「非人間的」とも形容すべき現実をあくまでも冷たく直視する主体が、その「非人間性」への熱い反抗をいささかも放棄することなしに現実のなかで生き延びるために、自らに課した鉄則のようなものだからだ。

ところで、その倫理主体たる双子の子供は、この小説の主要作中人物であるとともに語り手でもあるから、現実に対する彼らの態度は、すなわち『悪童日記』という作品のそれにほかならない。こうして『悪童日記』は、先に列挙したような非常に深刻な問題を、センチメンタリズムともニヒリズムともいっさい妥協をせずに扱っている。しかも、そのテクストの行間に堪《こら》えた涙のように激しい人間的共感力がみなぎっていることは、少し注意深い読者にはひしひしと感じられる。フランスの書評家たちが、「悪による悪の概説＝治療」（Ｄ・デュラン、カナール・アンシェネ紙）といった趣のあるこの一作に、「人をして恐怖と抑圧に抵抗せしめる」精神の「きらめき」（Ｇ・ブリサック、ル・モンド紙）を感じ、「読者の安逸を破り、精神状況の変更を強いる力」（Ｆ・マスペロ、ケンゼーヌ・リテレール誌）があると褒めたたえたのも頷ける。実際、これほど平然たる「非行」の記述に満ち、それでいてこれほどきっぱりとした倫理意識に貫かれた作品は、世界の小説史上にも稀なのではないだろうか。この点にこそ、本作品の内容面での真価があると筆者は判断する。

●文体

シリアスな内容にもかかわらず、『悪童日記』が陰鬱な作品でも悲壮感漂う作品でもないことを、ここで特筆しておかなければならない。というのも、私見によれば、『悪童日記』の主要な魅力は、プロットの妙、主題の斬新な扱い方などにもまして、徹底した非感傷性と独特のユーモアを特徴とする事物と行動の状況劇的描写にあるからだ。この小説は、極限状況の設定の中で人生の非情な現実を遠慮なく、あからさまに、一片の感傷も交えずに剔出《てきしゅつ》するのだが、その剔出の仕方に、いわくいいがたい痛切なユーモアが籠められている。「ユーモアによる現実の照射と克服」とでもいいたくなるこの方法を可能にしているのは、明らかに、戯曲のト書きにも似た、簡潔というより、単純で明白で直截な、反復も定義も辞さない文体である。そして、主人公である二人の少年の「作文」のなかの言葉遣いという名目で採用されているその文体の背後には、少年たちの「作文」の書き方（エクリチュール）に関する独特の設定がある。

次に引用するのは、彼らの「作文」の一つとして読者が読むことになる、〈ぼくらの学習〉と題された章の一節である。

〔作文が〕「良」か「不可」かを判定する基準として、ぼくらには、きわめて単純なルールがある。作文の内容は真実でなければならない、というルールだ。ぼくらが記述するのは、あるがままの事物、ぼくらが見たこと、ぼくらが聞いたこと、ぼくらが実行したこと、でなければならない。

たとえば、「おばあちゃんは魔女に似ている」と書くことは禁じられている。しかし、「おばあちゃんは『魔女』と呼ばれている」と書くことは許されている。

「〈小さな町〉は美しい」と書くことは禁じられている。なぜなら、〈小さな町〉は、ぼくらの眼に美しく映り、それでいて他の誰かの眼には醜く映るのかも知れないから。

同じように、もしぼくらが「従卒は親切だ」と書けば、それは一個の真実ではない。というのは、もしかすると従卒に、ぼくらの知らない意地悪な面があるのかも知れないからだ。だから、ぼくらは単に、「従卒はぼくらに毛布をくれる」と書く。

ぼくらは、「ぼくらはクルミの実をたくさん食べる」とは書くだろうが、「ぼくらはクルミの実が好きだ」とは書くまい。「好き」という語は精確さと客観性に欠けていて、確かな語ではないからだ。「クルミの実が好きだ」という場合と、「お母さんが好きだ」という場合では、「好き」の意味が異なる。前者の句では、口の中にひろがる美味《おい》しさを「好き」と言っているのに対し、後者の句では、「好き」は、ひとつの感情を指している。

感情を定義する言葉は、非常に漠然としている。その種の言葉の使用は避け、物象や人間や自分自身の描写、つまり事実の忠実な描写だけにとどめたほうがよい。

主人公の双子（「ぼくら」）が書いた「作文」の集積がすなわち『悪童日記』のテクストなのだから、右の一節に開陳されているような明晰な意識にもとづく彼らのエクリチュールは、この小説の執筆に臨んだアゴタ・クリストフ自身のそれにほかならない。こうしてわれわれ読者の前に繰り出される文体をどう形容すればよいのだろうか。反抒情的、反主観主義的、反解釈主義的？　むしろ単に「科学的」と言ってしまおうかという気もするのだが、この文体から時折、息を呑むようなポエジーが伝わってくるので、それはやはり躊躇する。客観描写を旨とする俳句に近いものを感じさせる言葉遣いであることは確かだと思う。

いずれにせよ、A・クリストフの文体はすぐれて自覚的で、なまなましい事象を扱いながら対象への感情の投影を排するのみならず、個々の事象の観念的ないし心理的説明をも余計なものとして退ける。しかしそれは、ヌーヴォー・ロマン風の即物性に閉じこもるためでは全然ない。作中人物を行動主体として、その他の事象を作中人物を取り巻く状況の形成要素として描いていることがその証左だ。ただ、その際、作中人物についてもその他の事象についても、客観的に真実であることを確かめられるようなこと、すなわち事実だけを、思い入れや価値判断やいっさいの解釈を抜きにして記す。その結果、彼女のテクストにおいては、事象はいかなる形においても主体の内部に呑み込まれることのない客体である一方、作中人物は、ある感情の束でも、ある観念の化身でも、ある心理状態の形象でもなく、したがって所与の事態に対する行動以前には無であって、まさに自由な主体としての行動によってのみ自己のアイデンティティーを定義し、更新していく存在として表れる。この意味で、『悪童日記』の文体は状況劇作家のそれにきわめて近く、さらにいえば、「実存は本質に先立つ」というJ＝P・サルトル流の実存主義的人間観に期せずして対応しているように見える。

●「ぼくら」の魅力

そういえば、語り手にして主人公である双子の少年二人（＝「ぼくら」）の生きざまがわれわれ読者の目に痛快かつ爽快に映るのは、彼らがまさに一心同体の「個」として身体と精神を鍛え、外界に抗する自律的な実存を貫いているからではないだろうか。主体の意識と意志の外にあるものはすべて、身体の内部に位置していようと外部に位置していようと、外界である。自然環境（寒さ、ひもじさ、自らの本能等々）も外界なら、社会環境（搾奪、暴力、言葉の暴力、性の暴力、いじめ、「村のうわさ」等々）も外界だ。そして、人災でありながら天災にもまさる惨禍をもたらす戦争も然り。さらに、「ぼくら」にとって、苛酷な生活を強いてくる「おばあちゃん」も、かつてやさしく甘い言葉をかけてくれた「おかあさん」も、信仰へと導こうとしてくる「司祭さん」も、等しく外界に属している。

この小説の第一章で、読者は、「おかあさん」に連れられて田舎町に疎開してくる双子の「ぼくら」と出会うわけだが、冒頭の数行に目を走らせた段階では、母親の庇護のもとにあるただの可愛い子供二人と思うのがふつうだろう。少なくとも、かつてパリの書店で本書の原典を掘り出し、自分が例外的な作品にめぐり逢いつつあるとはついぞ知らず、なんら身構えることもなしに寝転がって読み始めていたときの筆者はそうだった。ところが、その直後、子供二人が当たり前のことででもあるかのように平然と盗み聞きを始めるシーンが筆者の目に飛び込んだ。

おばあちゃんの家の庭木戸の前で、おかあさんが言う。

「ここで待っていなさいね」

ぼくらは少しの間、待つ。それから庭に入る。家のまわりをぐるっと回る。話し声の漏れてくる窓の下にしゃがむ。おかあさんの声が聞こえる。

この瞬間、双子の「ぼくら」は「おかあさん」から身を引き剝がし、独自の主体性をそなえた「個」として、一読者たる私の前で存在を主張したのだった。

このシーン以降一貫して、少年二人は戦禍の中を生き延びるだけではない。「おばあちゃん」に日常的に圧迫されても、「刑事」に拷問を加えられても、けっして言いなりにならない。大人からの性的なアプローチに応じはしても、彼らに手なづけられることはない。また聖書を全部暗誦できるほど読み込んでいながら信仰はせず、「司祭さま」が代表する教会の権威に服することもない。面白いことに、社会常識という名の、一見穏当で論理的な既成の価値観をも、彼らは受け入れない。たとえば、「ぼくら」が「乞食の練習」をする場面を見てみよう。通りがかりの婦人が「乞食なんかして。恥ずかしくないの？」といってアルバイトの仕事を与えようとし、「ちゃんと働いてくれたらば、お仕事が終わってから、私がスープとパンをあげます」と言うと、「ぼくら」はこう言い放つ。

ぼくら、奥さんの御用を足すために働く気はありません。あなたのスープも、パンも、食べたくないです。腹は減っていませんから。

こうして「ぼくら」は、外界に圧し潰されないだけでなく、いっさい取り込まれることがない。感受性のない怪物だからではない。生まれながらの超人だからでもない。そうではなくて、どんな状況下でもあくまで自分たちの目で物事を見、自分たちの頭で考え、自分たちの決断によって行動するからだ。「どんなことも絶対に忘れない」、「絶対に泣かない」、そして「絶対にお祈りをしない」強固な「個」を鍛え上げているからだ。

しかも、たとえば、非道な現実――「『牽《ひ》かれて行く』人間たちの群れ」の章参照――に衝撃を受けながらも「お祈り」を拒否し、涙を堪えて「ぼくたちは理解したいんです」と言い切るところに、この「個」の主体的な姿勢、すなわち外界に対して開かれていると同時にあくまで自律的でもある姿勢が如実に表れている。この両面性に注意を払っておきたい。なるほどこの「個」は、いわば心臓まで武装している。生き抜くために必要な残酷さとしたたかさを身につけている。しかしそれでいて、ニヒリズムによって武装しているのではないし、ナルシスティックに他者への窓を閉じているのでもない。物語の随所で読者は確認するはずだ。「ぼくら」がある絶対的な一点（生命尊重などという一点ではない！）で、人道に絶対的に忠実であることを――。「おばあちゃん」や「将校」のような他者、欺瞞的でない人間には、暗黙のうちに友情を抱いて親しむことを――。

そんじょそこらのハードボイルド・ヒーローを遥かに超えるこのような作中人物の創出によって、アゴタ・クリストフは読者たるわれわれを不意打ちした。作中人物の「ぼくら」のみならず、『悪童日記』という小説自体、語られていること・描かれていることの悲惨さにもかかわらず、痛快かつ爽快な作品だと筆者は感じているのだが、読者諸氏のご感想はいかがであろうか。

ところで、最後に一つ、問わないわけにいかないことがある。というのは、「個」として生きる「ぼくら」とは、実は二人ではないか。彼らは二つの主体で一つの「個」(「外からは絶対に測り知れない」「彼らだけの世界」……)を形成しているのだ。それなら、彼らが分かれて別々の「個」となるとき、つまり他者を、より正確には間主観性を内部に含まない孤独な「個」となるとき、彼らは果たして外界に抵抗し、勝利し続けることができるだろうか。この疑問こそ、本書の続篇『ふたりの証拠』と『第三の嘘』で、孤独と悪の問題が主要テーマとなる所以であろう。

本書は多面的な作品だ。着眼点により、滑稽味にあふれた大人のための寓話とも、ほとんどアイロニーと化した教養小説とも、あるいは、子供を主人公としているけれどもハードな(「子供には読ませられない」)冒険小説とも見做すことができ、また、全体戦争の影響下でヴェールを剝がされる人間の生態を諷刺した寓意小説としても読める。むろん、さらに異なる読み方もあるだろう。作品がほんとうの意味で成立するのは、読者それぞれの読書行為の中でなのだから。著者であるA・クリストフ本人はというと、子供時代というものこそが『悪童日記』のテーマだと言っている。

筆者が初めて『悪童日記』の虜となったのは、一九八八年の夏のある夕べ、パリ十八区の殺風景なアパルトマンでであった。邦訳初版を上梓したのは、それから約二年と半年のちの九一年の一月であった。以来、今日までに十年以上の歳月が流れた。アゴタ・クリストフの上にも、われわれアゴタ・クリストフの読者の上にも。しかし作品は微動だにしていない。確乎として、在る。今更ながら、作品の存在とはこういうものなのだ、考えてみればスゴイことだ、などと内心驚くのは筆者だけであろうか。文庫に収録されるにあたって、訳文に若干の手直しを加えた。ほんの手直し程度にすぎない。

二〇〇一年春

本書は一九九一年一月に早川書房より単行本として
刊行された作品を文庫化したものです。

ハヤカワepi文庫は，すぐれた文芸の発信源（epicentre）です。

訳者略歴　1952年生，フランス文学者，翻訳家
訳書『ふたりの証拠』『第三の嘘』クリストフ
『シンプルな情熱』エルノー
（以上早川書房刊）他多数

悪童日記《あくどうにっき》

〈epi 2〉

二〇〇一年五月三十一日　発行
二〇一〇年五月　十五　日　十一刷
（定価はカバーに表示してあります）

著者　アゴタ・クリストフ
訳者　堀《ほり》　茂《しげ》樹《き》
発行者　早川　浩
発行所　株式会社　早川書房
郵便番号　一〇一‐〇〇四六
東京都千代田区神田多町二ノ二
電話　〇三‐三二五二‐三一一一（大代表）
振替　〇〇一六〇‐三‐四七七九九
http://www.hayakawa-online.co.jp
乱丁・落丁本は小社制作部宛お送り下さい。
送料小社負担にてお取りかえいたします。

印刷・株式会社亨有堂印刷所　製本・株式会社明光社
Printed and bound in Japan
ISBN978-4-15-120002-1　C0197

＊本書は活字が大きく読みやすい〈トールサイズ〉です